나의 커튼 뒤 연인

나의 커튼 뒤 연인

발행일　　2022년 8월 31일

지은이　　박윤아
펴낸이　　손형국
펴낸곳　　(주)북랩
편집인　　선일영　　　　　　　　　　　　　　**편집**　　정두철, 배진용, 김현아, 박준, 장하영
디자인　　이현수, 김민하, 김영주, 안유경　　**제작**　　박기성, 황동현, 구성우, 권태련
마케팅　　김회란, 박진관
출판등록　　2004. 12. 1(제2012-000051호)
주소　　서울특별시 금천구 가산디지털 1로 168, 우림라이온스밸리 B동 B113~114호, C동 B101호
홈페이지　　www.book.co.kr
전화번호　　(02)2026-5777　　　　　　　　　　**팩스**　　(02)2026-5747

ISBN　　979-11-6836-456-1 03810 (종이책)　　　979-11-6836-457-8 05810 (전자책)

(주)북랩 성공출판의 파트너

북랩 홈페이지와 패밀리 사이트에서 다양한 출판 솔루션을 만나 보세요!

홈페이지 book.co.kr　　•　　**블로그** blog.naver.com/essaybook　　•　　**출판문의** book@book.co.kr

---

작가 연락처 문의 ▸ ask.book.co.kr

작가 연락처는 개인정보이므로 북랩에서 알려드릴 수 없습니다.

나의
커튼 뒤
연인

박윤아
소설

 북랩

Contents

불행 7

탐색전 20

피의 맹세 39

슬픈 재회 56

다이아몬드 66

5번의 관문 76

잊어. Forgot 84

위험한 진실 98

부록 107

부록 1 109

부록 2 125

부록 3 136

부록 4 138

작가의 말 139

불행

　나는 독신이다. 내가 원래부터 독신을 원했느냐고? 천만의 말씀이다. 교통사고로 두 다리를 잃고 장애인이 되면서 결혼을 약속한 남자에게 차였다. 이는 바로 불행의 시작이었다고 할 수 있다. 이를 자세히 설명하자면 다음과 같이 말할 수 있겠다. 어찌 보면 장애인이 된 후로 내 인생의 새로운 국면을 맞이하게 될지도 모르겠다.

나이는 서른둘, 직업은 다치기 전까지는 사진작가였다.

나와 전 남자친구는 인터넷 사진 동호회에서 만났다. 사진이라는 공통의 관심사 덕에 급속도로 가까워졌으나 그 당시 그는 자신의 직업과 학벌을 숨겼다. 아무래도 처음부터 그런 걸 밝히면 내가 자신을 사귀지 않으리라 생각했던 것 같다. 그 당시 그는 무직이었고 학력은 고졸이었다. 거의 내가 벌어서 먹여 살리다시피 했었다. 그러다 그에게 직업이 생겼고 우리는 곧 결혼할 참이었다.

그러나 그는 내가 장애인이 되자마자 나를 버렸다. 어쩌면 예견된 수순이었는지도 모르겠다.

그 사고 이후로 직업은 자연스럽게 잃었고 예정된 결혼이 끝장나면서 내 자존감은 바닥을 찍었다. 힘들 때마다 카카오톡으로 타로를 보며 더 좋은 사람이 나타날 거라고 스스로 위로하며 마음의 고통을 이겨내는 나날이 이어졌다.

그러던 어느 날, 카카오톡 타로를 보다가 실수로 만들게 된 오픈채팅방에 모르는 사람이 들어와 말을 걸었다. 문제는 대화가 영어였다는 것이다. 자세한 내용은 아래에 첨부한다.

"Hello, your photo looks awesome. If it's not rude, may I ask your name and age, please?"

(안녕하세요? 프로필 사진 정말 훌륭하네요. 실례가 아니라면 나이와 이름을 물어봐도 괜찮을까요?)

　거의 발영어 수준이었지만, 희한하게 독해가 됐다. 혹시 몰라 네이버 파파고에서 번역기도 한 번 더 돌려봤고. 잠깐, 근데 프로필 사진이라고?

　내 프로필 사진은 얼굴이 아니라 내 손 위에 내려앉은 잠자리를 찍은 건데. 내가 남자인지 여자인지도 모르는데 이 사람은 대체 뭘까.

　웬 외국인이 술 먹고 재미 삼아 말을 건 걸까? 아무튼, 파파고 덕분에 나 역시 적어도 카카오톡으로는 대화가 좀 됐다.

"Nice to meet you. I am Jina and 32 years old. How did you get here?"

(만나서 반갑습니다. 저는 지나입니다. 나이는 서른두 살. 여기는 무슨 일로?)

남자가 이모티콘을 날렸다. ^^ 이렇게.

"Your photo captured my attention. Are you a woman?"

(사진이 눈에 띄더군요. 당신은 여자인가요?)

이 사람은 어쩌면 레즈비언일 수도. 아니면 양성애자일 수도 있다. 하지만 대체 성적 호기심이 아니라면 왜 익명의 오픈채팅방을 기웃거리는 걸까. 그것도 외국인이 말이다.

"Yes. I am a woman. How old are you?"

(네. 여자예요. 당신은 몇 살이에요?)

"Am* 40."

(마흔 살이죠.)

그제야 그의 프로필 사진에 시선이 갔다. 고급스럽고 훤칠한 핏의 슈트를 입은 잘생긴 남자의 사진이었다. 프로필 사진을 보고, 마음이 바로 흔들렸다.

"You look very handsome. Are you married?"

(당신 매우 잘생겼군요. 결혼했어요?)

아차차, 너무 단도직입적이었나, 나는 잠시 내 성급함을 자책했으나 이미 엎질러진 물이었다.

그는 유쾌한 이모티콘을 날리더니 이렇게 적었다.

---

* 오타가 아님. 다 읽은 후에 부록에서 이유를 확인 바람.

"No. am[*] single."

(아니요. 저는 싱글입니다.)

잗생긴 외국인 남자와의 낯선 채팅. 이건 혹시 신종 보이스피싱일까? 아니면 하늘이 내게 내려준 인생의 복권일까? 머릿속이 복잡해진 채로 남자와의 대화를 이어갔다.

"What do you do for a living? And where are you from?"

(직업이 뭐예요? 어느 나라 사람이에요?)

궁금한 게 많았다. 인터넷이라도 끊기면 다시 연락할 방법이 없으니 초조했다.

"Am[*] a gemologist and diamond trader. My father is Korean and my mother is Canadian. And my name is Berry.

---

* 오타가 아님. 다 읽은 후에 부록에서 이유를 확인 바람.

(저는 보석학자이자 다이아몬드 거래를 합니다. 아버지가 한국인이며 어머니는 캐나다인입니다. 제 이름은 배리고요.)

"I am Korean."

(저는 한국인이에요.)

아, 남자의 아버지가 한국 사람이라고 했다. 그래서 나에게 끌렸다고 솔직히 말했다. 그런데 나의 뭘 보고? 단지 손 사진 한 장만 보고 나한테 반할 수 있는 건가.

"Do you have any picture of you? Would you show it to me if you don't mind?"

(사진이 있으면 보여주시겠습니까?)

"Of course, I do. Wait a second, please."

(물론이죠. 잠시만요.)

나는 급히 카메라 안의 사진첩을 열어서 아프지 않을

때의 사진을 찾았다.

그리고 그걸 그에게 보냈다.

"Here it is."

(여기 있어요.)

아프지 않을 때의 내 사진은 정말 아름답다. 지금 봐도 나 자신에게 질투심이 느껴질 만큼… 그는 놀라움에 찬사를 보냈다.

"Oh! I can't believe it. You look so stunning!"

(오! 믿을 수가 없어요. 당신은 정말로 아름다워요!)

그의 말에 나는 솔직하게 대꾸했다.

"That was before I got sick. I'm not as pretty any more."

(그건 아프기 전의 사진이고. 지금은 그렇게 예쁘지 않아요.)

거짓말을 해봤자 될 일도 아니었다. 인연이라면 모든 상황에서도 연결이 되겠지. 나는 나 자신에게 떳떳하고 싶었다.

내가 아프다는 말에 그는 걱정하며 물었다.

"What happened? What's hurting you?"
(어쩌다 그렇게 됐죠? 어디가 아픈데요?)

그 말이 내 마음을 무장 해제시키기 충분했다. 나는 교통사고가 나서 결혼할 남자가 떠났고 현재는 직장이 없는 장애인 신세라고 한탄하듯 말했다.

그는 잠시 생각하는듯하더니 자신의 아버지도 장애인이었고 아버지가 장애를 가지자 어머니는 자신과 아버지를 버렸다며 그의 어머니는 벌을 받을 것이라고 했다.

그리고 아버지는 5년 전에 돌아가셨고 어머니는 새로 결혼해서 연락을 끊은 지 10년도 더 되었다고 했다. 아,

이 무슨 운명의 장난이란 말인가.

그 말을 듣자 그에게 연민이 생겼다. 너도 힘들고 외로웠겠구나, 그래서 나한테 말을 건 거구나, 싶었다.

그는 혼자 남겨져 힘들었지만 쉬지 않고 일해서 많은 돈을 벌었다고, 가족이 없기 때문에 배우자와 함께 그 돈을 쓰고 싶다고 말했다.

이 무슨… 드라마 속 상황인가.

그러고는 머뭇거리는가 싶더니, 믿을 수 없는 말을 했다.

"Would you marry me? Would you be my fiancee?"
(나와 결혼해 줄래요? 나의 약혼자가 되어줄래요?)

아마도 이건 꿈이거나 내 인생의 로또 같은 행운임이

틀림없다. 오늘 만난 남자가 고백을 했다. 그것도 잘생긴데다 부자인 남자가. 그러나 나는 곧장 내 처지를 생각할 수밖에 없었다. 나는 완곡하게 거절할 수밖에 없었다. 어쩌면 이는 정말, 그럴 수밖에 없는 상황이었다. 하지만 벌써 내 머릿속에서는 약혼이라는 단어가 맴돌았다.

이미 머릿속에선 식장이니 상견례니 마인드맵처럼 등장하며 연계되고 있었다.

마치, 현실에서 핍박받지는 않았지만, '백마 탄 왕자'가 등장한 그 기분이었다. 나 또한 그것을 원했다. 대체로 동화 등에서 핍박받던 여주인공이 마지막에 나타난 왕자님에게 구해지고 '오래오래 행복하게 잘 살았습니다.'로 끝나는 패턴으로 볼 수 있다. 마치, 이는 여러 가지 클리셰 중에서 다음과 같은 느낌이었다. '이웃 나라에서 우연히 온 남자주인공이, 여자주인공을 보고 한눈에 반해버린다.'
어떠한 부분에 해당하는지는 독자의 판단에 맡기겠다.
하지만 현실로 돌아온 나는 이렇게 말할 수밖에 없었다.

"I am sorry, I can't. I'm just a disabled woman."

(안 돼요. 저는 장애인 여성일 뿐인걸요.)

그건 정말 빈말이 아니었다. 장애인에게 청혼하는 백만 장자는 동화 속에서도 나오지 않는다. 그가 얼마나 매력적인 남자인지는 카카오톡 프로필 사진만 봐도 알겠지만.

남자는 내 말을 듣더니 자신의 말을 못 믿는 이유가 뭐냐고 물었다. 자신은 그저 사랑에 목마른 평범한 청년이라고. 자신은 사람의 외면이 아닌 내면을 볼 줄 안다며 나를 설득했다. 아니, 카카오톡으로 어떻게 나의 내면을 봤다는 걸까?

한창 실랑이가 벌어졌고, 그는 세상에 혼자 남겨진 자신을 받아서 가족이 되어 달라고 부탁하고 또 부탁했다. 도대체 오늘은 뭐가 잘못되었기에 이렇게 이상한 상황이 펼쳐지는 걸까.

나는 마지못해 그의 청혼을 받아들이면서 일단 이렇게
말했다.

"How about getting to know each other?"
(좋아요, 일단 연애부터 해볼래요?)

그렇게 우리는 랜선 연애를 시작하게 됐다.

탐색전

"지나야 일어나봐! 배리가 누구야?"

아침부터 누군가 전화를 걸었다. 배리였다. 아침부터 모르는 사람이 전화를 건 탓에 아빠의 신경이 곤두섰다. 전 남자친구 역시 인터넷 동호회에서 만났기 때문에 아빠는 내가 낯선 사람과 채팅하는 것을 싫어하셨다. 어쩌면 당연할 수도 있다. 그도 그렇고, 마치 아빠는 이를 단순한

나의 커튼 뒤 연인

랜선 연애 즉, 통신 수단을 이용하는 연애를 통틀어, 사이버 공간에서만 하는 좁은 의미의 랜선 연애로 인지하는 게 분명할 따름이다.

사실 내 생각은 랜선 연애든 혹은 현실 연애든 모든 연애 형태를 막론하고, 개인의 라이프 스타일에 따라서 내가 행복한 것이 중요하다고 생각한다. 특히나 사람을 만나기가 불편하거나 그 외 과거의 안 좋은 만남의 경험이 전제된다면, 이러한 만남은 내게 안성맞춤이었다.

실제로도, 많은 경우에 과거에도 펜팔 등을 통해서 랜선 연애라고 불리지 않을 뿐 우편 연애를 통해 현실 연애나 결혼까지 간 경우도 없지는 않을 터였다.

각설하고, 난 그에게 다음과 같이 말했다.

"Do not call me. My father hates me contacting strangers. I met my ex at a virtual community, so he always worries about my getting close to a wrong person again. And because I am still not in my shape, my day starts late."

(전화하지 말아요. 우리 아빠는 내가 낯선 사람과 채팅하는 것을 싫어하세요. 내 전 남자친구도 인터넷 동호회에서 만났기 때문에 내가 또 나쁜 사람과 친해질까 봐 걱정하세요. 그리고 아직 아파서 매일 늦잠을 잡니다.)

나는 다급한 어조로 말했다. 남자는 미안해서 어쩔 줄 모르겠다는 투로 말했다.

"I'm sorry, Jina. I had no choice but to talk to you sooner. I will let you catch up sleep to recover."

(미안, 지나. 빨리 대화하고 싶어서 어쩔 수가 없었어요. 당신이 회복하는 시간이 필요하다면 늦잠 자도록 놔둘게요.)

그러나 우리는 다정한 랜선 연인이었다. 전화로 곧장 서로의 시간에 관하여 이야기했다. 그는 토론토에 거주하고 있었으며 내겐 아침인 시간이 그에게는 저녁 시간이었다. 서로의 형제 관계와 키, 학력 같은 걸 물어봤다. 그는 외동이었으며 나는 동생이 둘이었다. 그는 185㎝의 큰 키에 학력은 토론토 대학교 보석세공학과를 졸업했다고 했다.

내가 그에게 물었다.

"You are tall and handsome, but why are you still single?"
(당신은 키도 크고 잘 생겼는데 왜 아직 결혼을 안 했어요?)

그가 대답했다.

"I saw my ex and my best friend in my own bed. It's been is very hard for me to trust women since then."
(전 여자친구가 가장 친한 친구와 내 침대에서 섹스하는 것을 목격했어요. 그 이후 한동안 여자를 못 믿었었어요.)

"It is too bad. I am sorry to hear that."

(그럴 수가. 유감이에요.)

"But I'm not sad any more because I got to know you."

(하지만 나는 더는 슬프지 않아요. 당신을 알게 되었으니까요.)

이 무슨 드라마 같은 상황이란 말인가. 남자의 상처는 너무나도 극적이었으나 한편으로는 너무도 동정이 가는 상황이기도 했다.

나는 그에게 다시 한 번 솔직히 말했다.

"You are tall, handsome and you have a good job. So I don't think it suits people with disabilities like me. It's not too late now, run away!"

(당신은 키도 크고 잘생겼고 좋은 직업도 가지고 있어요. 그래서 저 같은 장애인 여성과는 어울리지 않아요. 지금이라도 늦지 않았어요. 도망쳐요!)

그래, 도망치라고. 이 바보 녀석아. 나는 너랑 이렇게 전화 통화를 한 것만으로도 아주 행복했으니까. 그랬더니 남자가 웃으면서 말했다.

"Tall and handsome is just a shell. I can see a person behind a shell. You are the most beautiful person to me."

(키가 크고 잘생긴 것은 껍데기에 불과합니다. 나는 사람의 내면을 볼 수 있습니다. 나에게 당신은 가장 아름답습니다.)

그는 이 정도는 아무것도 아니라며 나를 존중했다. 그의 말을 모두 믿을 수는 없었다. 나도 그쯤은 알았다. 하지만, 이 순간 나를 바라보고 좋아해 주는 사람이 있다는 것이 내겐 위안이 되었다. 지금은 그 정도의 사치만 누려도 좋을 듯했다. 딱 그만큼만이라도.

그가 나의 지금 모습을 사랑할 수 있을까? 나는 현재의 내 모습을 사진으로 찍어 보았는데 아무래도 예쁘지 않았다. 앱 카메라를 켰다. 어느 정도 보정이 된 내 모습은 전과 비슷해 보였다. 이를 보니 갑자기 슬퍼졌다.

"Do you want to what I look like now?"
(지금의 제 모습을 보고 싶어요?)

"Sure."
(물론이죠.)

나는 용기를 내 사진을 보냈다. 고등학생 때, 채팅으로 만난 상대에게 사진을 보냈을 때 상대는 내가 마음에 들지 않았는지 갑자기 연락을 두절했다. 그때의 기억이 떠올라 갑자기 두려워졌다.

하지만 왜일까? 그의 반응은 예상외로 뜨거웠다.

"Is this a picture of a sick person? I don't think so. You don't look sick at all."
(이게 아픈 사람의 사진이 맞나요? 하나도 안 아파 보이는데요.)

안 아파 보인다는 말에 용기가 생겼다. 앞으로 나을 때까지는 앱을 써서 얼굴을 좀 만져봐야지…

내 시간으로 오후 2시면 그의 시간으로는 자야 할 때였다. 어느 순간 대화가 끊겼다. 그가 자러 간 것이다. 나는 카카오톡을 보내놓고 그가 깨기를 기다렸다. 6시쯤이 되자 그가 깨서 답장을 보냈다.

"Sorry, I was waiting for you, but I fell asleep."
(미안해요. 당신 연락을 기다리다가 그만 잠이 들어 버렸어요.)

이 남자는 어쩌면 이렇게까지 귀엽고 사랑스러운 것일까. 나에게는 과분할 정도였다.

"Don't be sorry to me. That's natural. I understand you."
(미안해하지 말아요, 그럴 수도 있죠, 뭐. 이해해요.)

"Could you give me a minute? I need a cup of coffee in the morning."

(조금만 기다려요. 아침이니 커피를 내려올게요.)

이상한 생각이 들었다. 그 사람과 내가 깨어있는 시간에 그 사람은 언제나 핸드폰을 놓지 않는 것 같았고 일조차 하지 않는 것처럼 보였다. 어떻게 내 말에 이렇게 빨리 답할 수 있는 걸까?

"Don't you have to work? When you and I are awake, you seem to look at the phone all day."

(당신 일해야 하지 않아요? 당신과 내가 깨어있을 때 당신은 온종일 핸드폰만 보는 것 같아요.)

나는 솔직한 걱정을 보냈는데 남자는 나를 안심시켰다.

"Don't worry. I am a passionate person and the president of my company, so I can focus on you when I talk to you and I focus on work other times."

(걱정하지 말아요. 저는 열정적인 사람이고 내 회사를 가지고 있기 때문에 일할 때는 일 하고, 대화할 때는 대화에 집중해요.)

자신은 회사의 사장이라서 시간을 자유롭게 이용한다고 했다. 나는 일해야 할 때는 그에게 양해를 구하고 일하고는 했는데, 그는 그러지 않아도 되었다. 나는 이 남자의 정체가 궁금해졌다. 젊고 잘생긴 남자가 회사를 운영하는 대표라니.

사실 이에 대해서도 현실성이 없다고 생각하지는 않았던 터가, 2022년 요즘은 젊은 청년 창업가를 포함해서 이 와중에도 성공한 창업가들이 많은 추세이니, 사실상 전혀 의심될 부분이 없었다. 주변만 해도, 젊고 잘나가며 자산도 상당한 사업가들이 많은 터이며 사실상 연애에 있어서 중요한 것은 개인의 매력이라고 생각하는 1인이다.

그는 하루는 자신 소유의 호주 퍼스 광산의 사진이라며

다이아몬드 채굴장 사진을 보내왔다. 자신은 이미 많은 돈을 벌었으니 나의 배우자가 된다면 일하지 않아도 먹고 살 수 있을 것이라고 했다. 이 모든 상황이 도무지 믿기지 않았다. 내가 신데렐라라도 된 듯했다. 실제 호주 퍼스 광산 관련된 기사를 서칭해 보니, 보석 사업가 등의 기사를 포함해서, 실제로 호주 광산학과도 존재했다. 참고로 퍼스는 호주에서 네 번째로 큰 도시로 서호주를 대표하는 도시이자 경제중심지라고 전해진다.

누가 먼저랄 것 없이 우리는 빨리 뜨거워졌다. 만난 지 일주일이라는 짧은 시간 안에 우리는 서로를 허니, 달링이라고 부르기 시작했다.

"My honey, Did you sleep well?"
(허니, 잘 잤어요?)

"Yes. I did."
(네. 잘 잤어요.)

그의 말투는 항상 다정했다. 남녀가 만나지 않고 사랑하는 게 가능할까. 어쩌면 코로나, 그리고 나의 장애 때문에 만날 수 없는 지금의 상황이 우리의 사랑을 가능하게 한 건 아닐까. 그러니 지금 내겐 이러한 시간 매 순간, 순간이 축복으로 다가왔다.

　그는 구체적인 나의 장래 계획을 물었다. 앞으로 돈은 어떻게 벌 것이며 어떻게 살아갈 거냐고.
　나는 생각해둔 계획을 이야기했다. 아파도 사진은 찍을 수 있으니 사진을 찍어서 사진전을 열 것이라고. 그리고 장애를 극복한 사진작가로 책도 내고 강의도 할 거라고.

　"That's great! If you have a will, you will succeed."
　(정말 대단해요. 그런 의지라면 꼭 해낼 수 있을 거예요.)

　그는 돈 문제는 신경 쓰지 말라고 했다. 많이 벌든 적게 벌든 그런 것에 대해 상관없이 사랑해야 진짜 사랑이고 나와 '진짜 사랑'을 하고 싶다고. 그러니 애쓰지 말라고…

그는 진심으로 나와의 미래에 대해 고민하는 것 같았
다. 3개월 후 한국으로 와서 나를 만나 결혼하겠다고 했
다. 그때까지 회사를 모두 정리하고 한국에 와서 정착하
겠다고 했다. 그때는 내 매니저 역할을 하겠다며.

만약 그 모든 것이 거짓말이라고 해도 행복했다. 이렇
게 나의 미래를 함께 고민해 주는 사람이 있다는 것만으
로도.

"Honey, I love you. Thank you for your kindness."
(허니, 사랑해요. 친절하게 해 줘서 감사해요.)

"Your welcome, Honey. It's always my pleasure."
(천만에요, 허니. 제가 더 고마워요.)

그는 몇 달 후에 있을 나의 수술 날짜를 물었다. 그리고
그때 맞춰서 한국에 오겠다고 했다. 하지만 나는 아직 준
비되지 않았다.

"Don't come at that time. I haven't told my father about you yet."

(그때 오지 말아요. 아직 아버지께 당신에 대해 말하지 않았어요.)

"Why? I don't want you to have a surgery without seeing me."

(왜요? 난 당신이 내가 부재한 상태에서 수술대에 올라가게 할 수는 없어요.)

이 남자는 정말 순수한 걸까, 아니면 순진한 걸까. 아픈 사람과 결혼한다는 게 어떤 의미인지 모르는 걸까. 순간 눈물이 왈칵 쏟아지려고 했다.

"I just want to show you my healthy appearance."

(나는 당신에게 건강한 모습만 보여주고 싶어요.)

"I really love you so much. It does not matter to me if you are healthy or not."

(나는 당신을 진심으로 사랑해요. 당신이 건강하건 아니건 난 상관없어요.)

여자의 마음은 그렇다. 사랑하는 사람에게 행복한 모습만 보여주고 싶지, 아프고 회복되지 않은 모습은 보여주기 싫다. 그는 어떤 모습이건 상관없다고 했다. 실랑이가 길어졌고 그는 자신을 믿어보라고 했다. 결국 그가 한국에 오는 것으로 결론이 났다. 차라리 그 편이 나았던 것이, 나도 그를 부모님께 소개하는 동시에, 여러모로 그를 맞이할 준비를 하는 편이 더 나았다.

"Then the plan will be advanced. The surgery is due in two months."

(그럼 계획이 앞당겨지겠네요. 수술은 두 달 뒤라서.)

"Honey, don't hesitate. I am 40, and not young any more. We are going to get married soon."

(망설이지 말아요. 나는 마흔 살이라 이제는 젊지 않아요. 그러니 빨

리 결혼합시다.)

그는 계획을 앞당겨 내 수술 날짜에 한국으로 오기로
했다. 나 역시 그날 가족들에게 서프라이즈로 알리기로
했다.

나는 한참 생각하다가 조심스럽게 말했다.

"I want to have our son who closely resembles you."
(당신을 꼭 닮은 아들을 낳고 싶어요.)

"We will talk more about it after you fully recover from
surgery."
(회복 후에 생각합시다.)

"Yes, I'm on medication, so I'm having a hard time
getting pregnant right now. But I think you want to have
children?"

(지금은 약을 먹고 있어서 임신이 힘들어요. 하지만 당신은 아이를 갖고 싶지요?)

"I also want a child who looks like you. But, it doesn't really matter if I have a child or not. You are more important to me than the child."

(나도 당신을 닮은 아이를 원해요. 하지만 없어도 상관없어요. 내게는 아이보다 당신이 중요해요.)

이렇게 한없이 자상한 남자라니, 내가 무슨 복이 있기에 이런 일이 생긴 걸까.

"It's like a dream. I thought men would never come to me. But this tall, handsome, talented man comes to me! If it's a dream, I don't want to wake up."

(꿈만 같아. 내게 남자는 더 이상 없을 것이라고 생각했어요. 그런데 이렇게 잘생기고 키 크고 능력 있는 남자가 내게 오다니! 이게 꿈이라면 깨고 싶지 않아요.)

솔직히 꿈이라도 좋을 것 같았다. 내가 누군가를 사랑하고, 결혼을 생각하고 여자로서 행복한 꿈을 꿀 수 있다는 것 자체만으로도 나는 아주 행복했다.

"Darling, I am just a typical man, looking for a true love."

(여보, 저는 평범하고 진실한 사랑을 갈구하는 남자일 뿐이에요.)

"You are definitely not a typical man. You are a rare-tem for me. Do you know what is rare-tem?"

(당신은 결코 평범한 남자가 아니에요. 당신은 제 레어템이에요. 레어템이 뭔지 알아요?)

게임 용어로 표현하는 게 좀 그랬지만, 그 이상 적절한 표현이 없을 듯했다. 지금 이 남자는 나에게 말 그대로 '희귀템' 그 자체였기 때문이다.

희귀템이란, 일반적인 게임 활동을 통해서 얻는 아이템

이 아닌, 아이템을 가공하고 또 가공해야 얻을 수 있는 '신화템'이라고 비유해도 손색이 없었을 것이다. 물론 어느 쪽이나, 그 의미는 잘 전해졌을 것이리라 생각한다.

오히려, 내게 있어선, 그런 아이템 그 이상의 만족감과 설렘이 공존하는 터였다.

그는 내 말을 듣고 너무나 좋아했다. "당신은 센스 있고 유머 감각을 가진 여자예요."라고 나를 칭찬까지 해주었다. 겸손하면서도 멋진 이 남자가 곧 내 남편이 된다니… 마치 앞서 말한 '백마 탄 왕자'가 실제로 실현되는 느낌이었다. 이루 말할 수 없는 벅차오름과 더불어, 랜선 연애 그 이상의 무언가가 발현되는 기분이었다.

♦

피의 맹세

하루하루 관계가 돈독해지고 뜨거워질수록 그는 내게 집착하기에 이르렀다. 내게 있어서 떠나지 말라고. 마치 내가 해야 할 것 같은 말을 그가 하기 시작했다. 그건 분명 집착이었다.

여기서 집착이란 거의 소유욕에 가까웠다. 즉, 집착이 일단 생기면 사물을 바라보거나 해석하는 방향이 한 방향으로 고착돼서 다른 다양한 관점이나 입장을 받아들이지 못하게 되므로 문제가 발생하게 되는데, 그는 내게 있어서 거의 조금만 내가 이에서 벗어나려고 한다면 '불안 증세'를 보이는 정도를 보일 듯하였다.

단순히 그가 보이는 집착은, 일전의 집착이 아닌 마치 돈을 갈취하는 자가 돈을 향한 갈구와 같은 강한 집착이었다. 빼앗긴 것을 찾기 위한 그런 집착이라고 할 수 있겠다.

"Darling, please promise me not to leave me."
(달링, 제발 나와 약속해 줘요. 떠나지 않겠다고.)

"Honey, I never leave you, I won't leave you until you leave me."
(허니, 난 당신을 떠나지 않아요. 당신이 먼저 나를 떠나기 전에는.)

나는 그를 어린애처럼 달랬다. 이 남자는 왜 이렇게 마음이 약한 걸까. 아마도 이전 연인에게 받은 상처 때문이리라. 나는 그가 한없이 가엾고 또 안쓰러웠다. 그가 말했다.

"Please swear to me."
(내게 맹세해 줘요.)

"What kind of swear?"
(무슨 맹세요?)

"Like this: In my deceased father's name, I swear that I will live happily with Jina for the rest of my life."
(평생 지나와 행복하게 살 것을 돌아가신 아버지의 이름으로 맹세합니다. 이렇게요.)

그는 서약을 원했다. 진실하고 가슴 깊은 데서 솟아나는 진심 같은 것. 나는 그의 말대로 서약했다.

"I swear to my deceased grandmother. I will get well soon and live happily with Barry. Like this?"

(저는 돌아가신 할머니께 맹세합니다. 빨리 나아서 배리와 행복하게 살겠습니다. 이렇게요?)

"Yes. I'm serious now."

(그래요. 난 지금 진지해요.)

그렇게 말하고는 그는 손에서 피가 난 사진을 보내왔다. 나는 깜짝 놀라 물었다.

"What picture of blood is this?"

(이게 웬 피 사진이에요?)

"I bled it from my hands to show how serious I am."

(지금 내 손에서 나온 피예요. 내가 지금 얼마나 진지한지를 보여주려고.)

그 순간 조금 무서운 생각이 들었다. 그의 진심을 표현한 것이지만, 아직 나는 그의 얼굴도 보지도 못했는데 그는 나에게 완강할 정도의 결심을 요구하고 있었다. 그 사진을 보고 마음 한쪽이 다소 무거워졌다.

그렇다고, 피의 사진까지…

내 입장에선 상당히 혼란스러웠지만, 또 한편으로는 그 사람의 절박함을 다소 체감할 수 있었다. 이 정도로의 절박감을 보여준 것은 나로선 여러 생각을 하게 하였다.

자야 하는데 잠이 오지를 않았다. 정말 이렇게까지 해야 할 일인가? 아니면 그는 진심인데 오히려 내가 가볍게 생각하는 걸까? 그처럼 잘생기고 키도 크고 능력도 있는 남자가 내게 오는 것도 모자라 내게 미친 것처럼 나와 언약하려 한다. 대체 이 상황은 뭐지?

'이건 아니야! 나는 그에게 짐이 되어버릴 거야! 이 맹

세는 말이 안 돼!'

나는 갑자기 마법이 풀린 공주와 같은 심정이 되었다.

아침에 힘겹게 일어나자마자 휴대폰을 들고 그에게 문자를 보냈다.

"No matter how much I think about it, I can't make this oath. That oath may be good for me, but it's against you. Why do you dedicate your future to a disabled woman in Korea who is far from you? Think again."

(아무리 생각해도 이 맹세는 할 수 없어요. 그 맹세는 나에게 좋을지 모르지만, 당신에게는 좋지 않아요. 당신과 멀리 떨어져 있는 한국의 장애인 여성에게 왜 당신의 미래를 바치려고 하나요? 다시 생각해 봐요.)

잠시 후 그에게 답장이 왔다.

"My love. Don't run away from me. The world does

means nothing without you. I love you so much."

(나의 사랑. 내게서 도망치지 말아요. 당신이 없는 세상은 내겐 아무 의미도 없어요. 나는 당신을 너무 사랑해요.)

하지만 그를 위해, 이 약속은 정말 하고 싶지 않았다. 그가 진심이라면 정말 큰 일이다. 그는 앞으로 펼쳐질 상황을 모르고 있다. 지금은 단지 나에 대한 열정 때문에 앞으로 펼쳐질 현실을 무시하는 것일 뿐이다. 그와 내가 결혼을 한 후 벌어질 상황을 생각하면, 상상만 해도 두려웠다.

맹세에 관한 실랑이로 아침을 다 보내고 그는 자러 갔다.

'아무리 생각해도 이건 아닌 것 같아.'

다시 생각하고 다시 생각했다. 살다 보면 나에게 미친 사람 하나쯤은 있을 수도 있겠지. 모든 면에서 완벽한 남자가 나한테 미쳐 있는 상황을 내가 왜 마다해야 해?

이렇게 생각하니 한편으로 마음이 편했다. 그가 좋다는데 뭐 어때, 하고 자포자기의 심정이 되었다.

그가 파리에서 열리는 보석 박람회에 참석하기 위해 탄배에서 샤워하다가 발을 헛디뎌서 팔을 다치는 바람에 핸드폰은 못 쓰게 되었다는 연락을 메일로 받게 되었다. 혹시나 연락을 못 할 상황을 대비하여 메일 주소를 그에게 가르쳐 주길 잘했다고 생각했다.

"It's hard to use one arm right now, but I turned on the computer to reach you."

(나는 한쪽 팔을 못 쓰지만, 당신에게 연락하려고 힘들게 컴퓨터를 켰어요.)

"Darling. Be careful. It's okay if you don't communicate often. I believe you will do well."

(달링. 조심해요. 연락은 자주 안 해도 괜찮아요. 당신이 잘할 거라고 믿어요.)

나는 일부러 다친 곳이 얼마나 아픈지 묻지는 않았다. 경험상, 아픈 사람에게 걱정하는 말을 하는 것은 도움이 되지 않고 차라리 웃고 넘기거나 모르는 체하는 것이 더 나았다.

하지만 이에 대해서 그는 서운했나 보다.

"Why didn't you even bother to ask me how is my injury and how much it hurts when I said I hurt myself?"

(내가 다쳤다고 말하면 얼마나 다쳤는지 얼마나 아픈지 물어야 하는 것 아닌가요? 어쩌면 그렇게 아무 일도 아닌 것처럼 묻지도 않는 거예요?)

그는 어린아이같이 떼를 썼다. 마치 그의 모습은 자기를 어루만져주고 사랑해달라고 떼쓰는 아이같았다.

"In my own experience, it is useless to ask a sick person if he or she is OK. So, if it hurts a lot, I am not going to

say I am worried about you. But, if it doesn't, I am going
to say it. I don't think you are that sick."

(내가 경험해보니 아픈 사람에게 아프냐고 묻는 것은 도움이 되지
않았어요. 당신이 매우 아프다면 나는 걱정하는 말을 하지 않을 것이고
많이 아픈 게 아니라면 걱정해 드릴게요. 당신은 내가 볼 때 조금 아픈
것 같아요.)

"Oh, I didn't know. sorry."

(오, 당신의 깊은 뜻을 몰랐어요. 미안해요.)

걱정 안 해준다고 화내고 토라지고. 이제는 어느 연인
처럼 서로의 감정에 예민해진 상태로 우리는 랜선 연애를
계속했다. 날이 갈수록 사랑이 더 깊어지는 느낌이었다.

만약 다쳤다면서 병원비를 달라고 했더라면… 그런 걸
로맨스 스캠이라고 하던데. 정말이지… 사랑이 깊어지다
보니 별의별 생각이 다 들었다.

　　　　　　　　　　　　　　　　　나의 커튼 뒤 연인

시간이 가면서 사랑이 깊어진 만큼 고민도 깊어졌다. 배리에게 사진을 보낼 때마다 괴로웠다. 특히 앱으로 만진 사진과 실제 나의 모습에는 괴리가 있어 이건 내가 아닌데… 하는 생각에 자괴감이 심해졌다. 그와의 채팅은 고통을 잊게 하는 필로폰이나 졸피뎀 같은 마약이었다. 사기인 줄 알면서, 중독되어가는 것을 알면서도 끊어낼 수가 없었다. 그의 사진과 나의 현재 모습을 비교해보고 수시로 우울감에 휩싸였다.

배리의 휴대 전화는 복구되었고 우리는 즐겁게 다시 채팅을 시작했다. 어느 날 그가 내게 부탁했다. 그건 바로 아이튠즈 기프트 카드를 사달라는 거였다.

"Baby, if there's an Apple store near by you or can access to online store, would you buy me an iTune gift card?"

(내 사랑, 가까운 곳에 애플 매장이 있거나 온라인 스토어에 접속할 수 있다면, 내게 아이튠즈 기프트 카드를 사줄래요?)

나는 '아이튠즈 기프트 카드'가 뭔지 몰라서 검색했더니 아이폰에 캐시를 충전하는 것으로 게임이나 음악을 살 수 있는 카드를 뜻했다.

그 정도 해주는 것은 어렵지 않다고 생각했고 앱을 켠 다음 3만 원짜리 모바일 카드를 구매해서 그에게 전달했다.

"Baby, is this enough?"
(베이비, 이 정도면 충분해요?)

잠시 후 그가 말했다.

"No, it's not enough. Could you buy me a little bit more?"
(이건 조금 모자라요. 나를 위해 조금 더 써주면 안 될까요?)

"Yes. Wait a second."
(알겠어요. 기다려요.)

나의 커튼 뒤 연인

나는 전 재산 십만 원을 그를 위해 쓰기로 마음먹고 십만 원짜리 기프트 카드를 구입했다. 그런데 잠시 후 내 번호로 연락이 왔다.

"안녕하세요. 기프트 카드 상점인데요. 기프트 카드를 본인이 사용하실 건가요?"
"아니요. 해외에 있는 남자친구 주려고요."
"이 기프트 카드는 할인된 금액으로 나온 거라 본인이 쓸 때만 구입할 수 있어요. 충전 후 충천했다는 화면을 찍어 보내주셔야 해요."

조건이 생각보다 까다로웠다. 나는 애플을 써본 적 없지만 쓰기가 불편하다는 생각이 들었다.

"알았어요. 취소할게요."

나는 취소한 후에 그에게 본인이 충전하는 게 아니면 십만 원권은 구입할 수 없다고 말했다. 그가 이해해 줄 거

라 믿었는데 막무가내로 다른 방법이 있을 거라며 시도해
봐 달라고 부탁했다.

나는 하는 수없이 오만 원 권을 두 개 구입했다. 잠시 후
판매자에게 다시 문자가 왔다.

"해외에 보내시는 거라면 보내지 마십시오. 요즘 외국
인들이 기프트 카드 사기로 한국인들에게 받아서 되팔거
나 쓴 카드를 줬다며 적반하장으로 나오는 경우가 많아
서요."

그 말을 듣자 혼란스러워졌다. 지금 이 상황에서 내가
배리를 의심해야 하는 걸까. 배리에게 문자를 했다.

"The cash register said don't send gift cards because you
seem like a scammer."
(카드 파는 여자가 네가 사기꾼 같다면서 기프트 카드 보내지 말라
는데?)

내 말투는 어느새 다소 건조해져 있었다. 정말, 설마…
이 상황에서 배리가 사기꾼이라면, 내가 그와 나누었던
대화는 전부 다 무엇이었을까.

"Don't be a silly and do not listen to them. Do you
think I am a scammer for just 100,000 won?"
(어리석게 남의 말에 휘둘리지 마세요. 고작 십만 원으로 사기 칠 만
큼 내가 거지라고 생각했어요?)

"But she suspects you'll selling the gift card back or
lying to me that it's already been used."
(하지만 당신이 기프트 카드를 되팔거나 이미 사용한 카드라고 거짓
말을 할 것으로 의심하는걸요.)

그는 내게 답답한 마음으로 영상통화를 두 번 걸었지
만, 나는 메이크업을 못 한 상태여서 전화를 받지 못했다.

내가 지금 뭐 하는 거지. 혼자서 오랫동안 있다 보니 이

런 사소한 것에도 감정이 예민해진 것 같아. 그래, 배리가 뭐가 아쉬워서 내게 기프트 카드를 구걸할까.

그에게 일단 기프트 카드를 보냈다. 화를 내더라도 주고 나서 내야 할 것 같았다. 그리고 그에 대한 의심을 풀 수 있도록 명함을 들고 얼굴 사진을 찍어 보내 달라고 했다.

그는 거절했다. 다소 화가 난듯했다. 자신은 배리라는 것을 밝히려고 영상통화를 걸었는데 내가 받지 않았다는 것이다.

"Let's go to bed. It's already late."
(일단 자요. 시간이 많이 늦었어요)

나는 시간이 세 시쯤 된 것을 보고 말했으나 그는 사랑을 믿었는데 배신당했다며 이 기분으로는 도저히 잠을 잘 수가 없다고 했다. 그리고 위스키를 마시고 있다며 자신에게 선물한 돈이 아까우면 돈을 돌려줄 테니 받고 헤어지자고 했다.

"I believed you, but you betrayed me. It hurts so much. You broke the promise that we did together."

(나는 당신을 믿었는데 당신은 나를 배신했어요. 사랑에 배신당해서 너무 슬프네요. 당신은 우리가 했던 맹세를 어긴 겁니다.)

그는 이별을 고하는 것 같았다. 고작 십만 원 때문에 사랑을 의심한 나는 사랑하는 사람이 떠난다고 생각하니 눈물이 났다. 타인의 말만 믿고 그를 의심해서 상처를 줬다고 생각하니 가슴이 아팠다. 이대로 모든 게 끝인 것 같았다. 그저 망연자실과 같은 기분이 오래도록 지속되었다.

◆

슬픈 재회

배리와 헤어지고 나니 다시 지옥이 시작되었다. 나는 입맛을 잃었고 침대에서 나오지 못했다. 내가 밥을 먹지 않자 가족들은 무슨 일이 있느냐고 물었지만 대답할 수가 없었다. 인터넷에서 만난 남자친구와 헤어져서 슬퍼요, 라고 말할 수는 없지 않나.

그저 빈센트 반 고흐 작가의 한 그림과 같은 심정이었

다. 얼굴을 파묻고 비탄에 잠긴 나부(裸婦), 그 그림이 떠올랐다. 당시 반 고흐는 아무런 보호막 없이 벗겨진 몸을 통해 인물의 감정을 드러내고자 하였다.

생의 버거움을 고스란히 짊어진 그녀의 실루엣은 인생의 바닥에 주저앉아 어쩔 수 없이 살아야 하는 인간의 운명과 고통을 처절하게 담아내고 있다. 인간의 내면 깊숙한 곳에 자리한 진실한 감성을 그려야 한다고 믿었던 반 고흐는 그녀를 본 순간, 그것을 느꼈을 것이다. 여기서 그녀가 마치 나와 같은 심정이었을 것이리라.

이후 아무런 힘도 없이 축 늘어져 있는데, 휴대폰 알림이 떴다. 배리였다. 그는 돈을 보낼 때까지 연락처를 차단하지 말라고 했었다. 그의 메시지를 보자 정신이 번뜩 들었다.

 "Good morning? How do you feel?"
 (잘 잤어요? 기분이 어때요?)

"Are you kidding me? It's too bad. We broke up with each other yesterday."

(지금 나 놀려요? 너무 안 좋아요. 우리 어제 헤어졌어요.)

"You don't feel well. I took a picture for you, but it seemed like you didn't need it, so I threw it away."

(기분이 좋지 않은 것 같군요. 어제 당신에게 줄 사진을 찍었었는데. 이제 필요 없는 것 같아서 버렸어요)

"My mind hurts. I'm tired and I want to rest."

(마음이 아파요. 지쳐서 쉬고 싶어요.)

나는 기운 없이 그에게 카카오톡을 보냈다.

그는 한동안 대답이 없었다. 그는 진짜 내 연인이었던 걸까.

"Do you regret it?"

(후회해요?)

배리가 한참 후에 이렇게 물었다. 나는 솔직하게 말했다.

"Yes. But is it over now?"
(그래요. 그러나 이제 끝났겠죠?)

"I was really mad yesterday, but I want to forgive you now."
(나는 어제 정말 화났었지만, 지금은 당신을 용서할게요.)

"Really? So are you saying you want to love me again?"
(그럼 저를 다시 사귀고 싶다는 이야기인가요?)

"Yes. I will give you one more chance."
(네. 다시 한 번의 기회를 줄게요.)

배리는 나를 너그럽게 대해주었다. 누군가 지옥에서 나를 손으로 끄집어내서 갑자기 환한 빛이 드는 세상으로 다시 초대해주었다. 구름이 개었고 날씨가 갑자기 더없이 맑아졌다.

"Thank you. honey. I'll believe you truly."

(고마워요. 허니. 앞으로는 당신을 믿을게요.)

나는 배리에게 솔직히 말했다.

"I know. We are all human beings after all, we make mistakes."

(난 알아요. 당신도 불완전한 인간일 뿐이라는 것을, 실수할 수도 있어요.)

세상에, 그가 다시 돌아왔다. 이후 한동안 기분이 좋았지만, 긴장이 풀어지고 나니 몸에서 힘이 풀렸다. 잠깐은 더 쉬고 싶었다.

"I'm relieved now and want to take a rest."

(긴장이 풀려서 그런지 좀 쉬고 싶어요.)

나의 커튼 뒤 연인

"Yes, go ahead and take a rest."

(그래요. 쉬어요.)

시간은 운명의 장난 같았다. 다시 그에게는 아침, 내게는 저녁인 시간이 되었다. 우리는 서로가 다른 시공간에서 사는 사람들이었다.

나는 아무 일도 없었다는 듯, 그에게 반갑게 아침 인사를 했다.

"Good morning, my love."

(좋은 아침, 내 사랑.)

"It is so gorgeous here in the morning when I open my eyes."

(이곳의 아침은 너무 화려해서 저절로 눈이 떠져요.)

"If I had been there, it would have been a more gorgeous morning."

(내가 그곳에 있었다면 더 화려한 아침이었을 텐데.)

달콤한 사랑의 대화가 다시 시작되었다. 여느 연인처럼 홧김에 이별을 선언하고서는 다시 재회를 한 우리는 손을 잡고 산 하나를 넘은 셈이었다.

"Of course. It would be awesome."
(물론이죠. 나도 그러길 원해요.)

하지만 그는 단호하게 말했다. 또 똑같은 일이 벌어지면 다시 기회가 없을 거라고, 이제는 자신의 믿음을 저버리지 말아 달라고 당부했다.

"I do not want anybody to interrupt between us. Do not listen to them."
(나는 우리 사이에 제3자가 끼어드는 것을 원하지 않아요. 다른 사람들의 말을 듣지 말아요.)

나의 커튼 뒤 연인

나는 그에게 다시는 타인의 말에 휘둘리지 않겠다고 거듭 약속했다. 그리고 며칠 후, 그는 기프트 카드를 다 썼다며 또다시 선물을 해달라고 했다. 내가 돈이 없다고 솔직히 말했더니 배리는 기분이 나쁘다는 투였다.

"I don't make money right now, so why are you asking me for that?"

(내가 지금 돈을 벌지 못해서 없다는데 왜 내게 그런 걸 요구해요?)

이렇게 말해도 막무가내였다. 나는 너를 위해 더 많은 것을 줄 텐데 너는 왜 나에게 이런 사소한 것 하나 못 해주느냐 하는 식이었다. 나도 할 말은 해야 했기에 당신도 휴대폰이 있는데 왜 직접 구입할 수 없느냐고 물었더니 캐나다는 한국만큼 IT가 발달하지 않아서 자주 에러가 난다는 답변이었다. 이때 개인적으로 서칭해본 결과, 캐나다는 인터넷 환경이 심지어 직접 케이블을 설치해야 하는 [실제] 경우로, 대기업에서 운영하는 체계가 아닌, 사설 동네에서 운영하는 중소업체의 경우 안 하느니만도 못하다는 말이 있다. 배리의 말은 사실이었다.

하지만 이러한 상황에도 불구하고, 과연 연인의 말을 어디까지 믿어야 할까. 사랑은 허다한 죄를 덮는다고 성경에는 적혀 있었지만, 나는 배리의 부탁을 어디까지 들어주어야 할까. 아니, 나는 정말 배리를 사랑하는 게 맞긴 한 걸까.

나는 결국 소액의 사채를 대출받아 그에게 기프트 카드를 사서 보냈다. 내가 계속 기프트 카드를 구입하자 상점에서 카드를 파는 여자가 다시 연락해 왔다.

"계속 사서 보내시는 거예요? 아무래도 사기 같은데 그만하시는 게…"

여자는 진심으로 나를 걱정했다. 이제는 나도 판단하기 어려운 상황이었다. 그러자 여자를 향한 알 수 없는 분노가 치솟았다. 마치 배리를 사랑했던 감정이 강한 만큼 분노가 더 치솟았을 것이다.

"당해도 제가 당해요. 그리고 이 정도 소액이라면 당해
도 괜찮아요."

그건, 내 판타지에 대한 지급 비용이라고 생각했다. 설
령 이게 사기라고 해도, 나를 이 환상에서 벗어나게 해줄
건 없다. 마치 놀이기구 이용권과 같다고 해야 할까.

내 말에 여자는 더 이상 아무 말도 하지 못했다.

다이아몬드

배리는 다시 배를 탔다고 전해 왔다. 내게 보석 박람회에 가는 배라며 선실 내부의 사진을 보내주었다. 사진 속의 선실 내부는 매우 화려했고 층고가 높았다. 정말 좋아 보였다.

배를 타서 그런지 이후부터 연락이 잘 되지 않았다. 신호가 좋지 않다고 했다. 기프트 카드가 필요하다는 말도 어느샌가 더 이상 하지 않았다.

그렇게 또 며칠이 흘렀고, 마침내 내 생일이 되었다. 배리는 연락이 되지 않고 나는 침대에 누워 있었다. 이렇게 쓸쓸한 생일을 보내는 내 모습이 너무 처량했다. 눈물이 났다. 나는 너무나도 비참한 마음에 배리에게 메일을 보냈다.

"Today is my birthday. No one remembers, no one celebrates. I am so lonely."

(오늘은 내 생일이에요. 그런데 기억해 주는 사람도 축하해 주는 사람도 없어서 나는 너무 쓸쓸하네요.)

하루가 다 지나고 밤이 다 되어서야 배리에게 답장이 왔다.

"My honey, don't be lonely. You have me. I will send you a birthday present."

(허니, 쓸쓸해 하지 말아요. 당신에게는 내가 있잖아요. 생일 선물을

보낼게요.)

그는 나를 조용히 위로하려고 했다. 배리는 나를 버리
지도, 잊지도 않고 있었다. 그는 여전히 나의 사랑스러운
연인이다.

"Really? Don't send anything expensive. You're enough
for me."

(정말요? 비싼 건 보내지 말아요. 나는 당신으로 충분합니다.)

"I will send you a diamond necklace, but it's not
expensive compared to my love."

(다이아몬드 목걸이를 보내겠습니다. 내 사랑에 비하면 비싸지 않
아요.)

잠깐 다이아몬드 목걸이라고? 나는 이해가 가지 않았다.

상식적으로 생각해도 그랬다. 1캐럿 기준으로 현
재 한화 기준으로 퀄리티가 좋은 다이아몬드의 경우,

1,000~1,700만 원에 호가하는 제품이며, 천연이 아닌 일반 다이아몬드의 경우에도 이는 600~800만 원이다. 특히 목걸이라고 한다면, 그 가격은 무려 억대에 달할 것이었다.

사실 다이아몬드를 준다는 것 혹은 선물한다는 것의 의미는, 일반적으로 '결혼'이라는 의미가 전제되어있다고 생각했기에 더욱 놀라웠다.

다이아몬드로 사랑을 고백한다는 것을 두고 '드비어스'라는 조합의 마케팅이라고도 하지만, 그도 그럴 것이 그 금액을 살펴본다면, 마케팅이라기엔 한 사람이 다른 한 사람에 준다는 것은 단순히 사랑하는 감정 그 이상을 뜻한다고 생각한다. 마치 다이아몬드의 강도와 같이 배리가 나를 향한 마음 또한 그 정도의 강도를 표하지 않았을까 생각했지만, 다시 현실로 돌아와서 글을 남겼다.

"I think that's too expensive. Please do not send."
(그건 너무 비싼 것 같아요. 보내지 말아요.)

"We will meet for your surgery in a month or so. And, I have a client to meet in Busan, anyways. What is it like?"

(어쨌든 한 달 뒤에는 당신 수술이 있어 만날 거고, 한국의 부산에 고객이 있어서 만나야 합니다. 부산은 어떤 곳인가요?)

그는 한국의 곳곳에 대해 가끔 물어왔다. 한국 도시들이 궁금한 이유는 그가 한국인의 피가 섞였기 때문이리라.

"It is the second largest city in Korea after Seoul and a beautiful port city."

(한국에서 서울 다음으로 큰 두 번째 도시이며 아름다운 항구도시죠.)

"Is it? That's good, then. I will send you diamonds for the buyer in Busan. I will pick it up when we meet."

(그래요? 그거 잘 되었군. 그럼 그 부산 고객에게 팔 다이아몬드를 당신에게 보내둘 테니. 내가 가서 받으면 되겠네요)

"How do you trust me to send your diamonds?"

(나의 무엇을 믿고 당신의 다이아몬드를 맡기나요?)

다이아몬드를 맡기겠다는 그의 말이 이해되지 않았다.

"I really believe you. Would you access to my internet banking for me? Since I am at open seas, the signal is not so good to check if the buyer paid me or not."

(나는 정말로 당신을 믿어요. 내 인터넷 뱅킹에 접속해 줄래요? 여기 배가 신호가 안 좋아서 고객이 보석 비용을 지불했는지 확인해야 하는데.)

배리는 자신의 인터넷 뱅킹 비밀번호와 아이디 그리고 접속할 수 있는 링크를 내 이메일로 보냈다. 나는 그것에 접속해 보았다. 계좌에는 꽤 많은 돈이 달러로 들어있었다. 어떻게 내게 계좌 예산을 알려줄 수 있지? 내가 가지고 도망가면 어쩌려고. 배리는 나를 지나치게 믿는 건 아닐까?? 나는 계좌를 확인하고 가장 최근에 돈이 들어온

기록을 캡처해서 그에게 전달했다.

"Is this right?"
(이것 맞아요?)

"Yes. And, will it be enough for me to settle in Korea?"
(네. 맞아요. 이 정도면 내가 한국에 정착하는데 필요한 자금으로 충분하겠죠?)

배리는 그다음, 내 메일 주소로 어떤 기계회사에서 수리 비용을 달라는 메일을 보내왔다. 나는 이번에도 '로맨스 스캠'을 의심해야 하는 상황이었다. 도대체 이 남자의 속내는 무엇일까 하며 배리에게 메일을 썼다.

"Is the content of this e-mail telling me to pay the repair cost?"
(저보고 수리비를 내라는 건가요?)

잠시 후 배리에게 답장이 왔다.

"Honey, don't be alarmed. You just need to transfer money from my account to that one."

(허니, 놀라지 말아요. 그냥 내 계좌에서 그 계좌로 돈을 이체해 주면 돼요.)

자신 계좌의 돈을 상대편으로 이체해달라니, 이게 무슨 억지인가. 나는 할 수 없다며 거절했다. 사랑하는 사람들이 돈 문제에 엮이게 되면 반드시 싸움이 난다는 걸 알았다.

무엇보다 의심이 먼저 들었다. 나는 그의 계좌로 1원을 보내 보았다. 정상적으로 입금되는 걸로 보아 정상 계좌 같았다. 끝까지 의심했던 나는 갑자기 그에게 미안한 생각이 들었다.

"Can you believe me now? I even told you my

passwords. Please give me your real name, email address, cell phone number, and home address. I will send you necklace and diamonds to settle in Korea. When you receive it, keep it at a safe place until I sell it to the buyer in Busan."

(이제 날 믿을 수 있겠어요? 나는 당신에게 내 통장 비밀번호까지 알려줬어요. 실명, 이메일 주소, 휴대폰 번호, 집 주소를 알려줘요. 내가 한국에 정착하는 데 필요한 돈을 마련하도록 다이아몬드 몇 개와 다이아몬드 목걸이를 보낼게요. 당신이 받아서 잘 보관해 줘요. 부산에 있는 고객에게 판매할 거예요.)

그의 말에 나는 내 이름과 핸드폰 번호, 그리고 이메일 주소와 실명을 알려 주었다. 이쯤 되자 어디까지가 진실이고, 어디까지가 거짓인지 구분할 수 없었다. 단지 그를 의심한 것이 미안할 따름이었다.

사실 그 입장에서도 진심을 표하려고 한 것이었을 테지만, 사실 다이아몬드에 대한 자세한 내막을 들추어보니,

그럴만한 이유가 있을 것이라 짐작했다. 그도 그럴 것이
이미 내 마음은 그에게 기울었던 터였는지도 모른다.

◆

5번의 관문

나는 그의 다이아몬드를 받아 보관하기로 했다. 배리는 곧 물건이 도착할 거라며 비싼 물건이니 소중히 보관해달라고 당부했다.

"Honey, you must receive that. Those diamonds are very expensive. Please receive it and keep it until I pick it up."

(허니, 물건을 꼭 받아야 해요. 그 다이아몬드들은 굉장히 비싼 거예요. 꼭 받아서 내가 찾을 때까지 보관해 줘요.)

배리는 물건을 꼭 받아야 한다고 메일로 말했다. 다이아몬드를 받아서 보관하다가 판매하지 못하면 자신의 회사가 흔들릴 수도 있다고도 말했다. 그리고 그는 운송회사의 링크와 물품 코드를 내게 주었다. 수시로 확인하며 물건이 어디쯤 오고 있는지 확인하라고도 했다.

나는 마치 그의 꼭두각시가 된 것처럼 느껴졌다. 나는 이제 더 이상 팔다리를 내 마음대로 움직일 수 없는 상황이었다.

사이트에 접속해 코드를 입력해 보았다. 물건이 파리에서 프랑스 르아브르를 향해 이동했다고 떴다. 그리고 약 2주 뒤에는 싱가포르의 수에즈 운하를 지나갔다. 그리고 또 일주일 뒤에는 중국의 상하이에 있다고 떴다. 그리고 다시 일주일 뒤, 물건은 드디어 제주 공항에 도착했다.

그때, 전화가 왔다. 전화를 건 사람은 자신이 존 마틴이며 선임 외교관이라고 했다.

"Hello. This is John Martin, senior diplomat. Your parcel arrived at Jeju port. The custom fees will be charged for your parcel since it is quite expensive. If you do not pay the custom clearance fee, the parcel will not be delivered and will be returned to the sender after certain period of time."

(안녕하세요. 저는 존 마틴 선임 외교관입니다. 귀하의 물건이 제주항에 도착해 있습니다. 물품이 상당히 고가여서 물류 통관비가 부과됩니다. 통관비를 내지 않으시면 물건이 전달되지 않으며 제주항에 일정 기간 머물다가 반송됨을 알려드립니다.)

그러고는 내게 계좌번호와 금액을 보냈다. 물류 통관세라는 것이 있는지 검색해 보았는데 실제로 있는 모양이었다. 금액이 약 600만 원이었으므로 나는 돈이 없다며 배리에게 하소연했다. 배리는 자신이 한국에 가면 다 보상해 줄 테니 급한 대로 친구나 가족에게 빌려보면 어떻겠느냐고 했다. 나는 어쩔 수 없이 또 사채를 썼다.

다음날에는 부산항에서 또 다른 연락이 왔다. 이번에는 여자였다.

"Warm regards, this is Jenny Gomez from Laytran Service Limited. Your parcel arrived at Busan Port. It is classified as valuables and will be subject to a customs duty. I am notifying you that if you do not pay customs duties, the delivery will be delayed for a certain period of time at Busan Port, and will be returned to the sender."

(안녕하세요. Laytran 서비스 유한회사의 재니 고메스입니다. 귀하의 물건이 부산항에 도착해 있습니다. 귀중품으로 분류되어 약간의 통관세가 부과됩니다. 통관세를 내지 않으시면 부산항에서 일정 기간 배송을 보류하다가 반송됨을 알려드립니다.)

부산항에서는 1,200만 원가량의 돈이 통관비로 청구되었다. 배리가 이 역시 나중에 다 내주겠다고 먼저 내고 받으라고 해서 나는 가지고 있는 돈을 모두 보냈다.

다음날에는 광양항에서 연락이 왔다. 웬 한국 남자가 전화했다. 한국인이 전화하니 조금 안심이 되었다.

"안녕하세요. 지나님 되시나요? 저는 세관 직원 민호입니다. 여기는 광양항입니다. 물건이 여기에 도착했는데 워낙 고가의 물건이라 통관비가 청구됩니다. 일정 금액을 납부하지 않으시면 물건은 일정 기간 여기 보관되다가 반송됩니다."

이번에는 통관비가 2,100만 원이었다. 기가 찰 노릇이어서 배리에게 곧장 연락했다. 그가 그 정도는 내가 받을 물건의 값어치에 비해 얼마 안 되는 금액이라고 나를 안심시켰으므로 나는 또다시 사채를 쓸 수밖에 없었다.

"Is this the last time? I don't have money anymore."
(이게 정말 마지막인가요? 나는 더 이상 돈이 없어요.)

나의 커튼 뒤 연인

나는 거의 울 것 같은 심정으로 하소연했다. 배리는 마지막이라고 나를 안심시켰다.

그 말은 거짓말이었다. 이번에는 인천항이라며 한국 여자가 전화를 걸어왔다.

"안녕하세요. 저는 인천세관에 근무하는 세라라고 합니다. 여기는 인천항이고 물건이 여기에 있는데 워낙 고가라서 통관비가 조금 나옵니다. 어느 정도의 금액을 입금하셔야만 보내드릴 수 있어요. 입금하시겠어요?"

여자의 입에서 나온 금액을 듣고 귀를 의심했다. 여자는 1억 원을 입금하라고 했다. 이건 분명 사기가 틀림없었다. 나는 지금 배리에게 놀아나는 중이었다. 이제는 분명한 의심의 여지가 없었다. 그걸 알더라도 지금 내가 무얼 할 수 있을까. 나는 너무 힘들어서 배리에게 하소연했다.

"Honey, 100 million is too much. If I pay it, I will be in a huge amount of debt. I can't afford it."

(허니, 1억 원은 너무 큰 돈이에요. 내가 이 돈을 낸다면, 분명히 빚에 쪼들릴 거예요. 이 금액은 아시겠지만, 너무 벅차네요.)

"Honey, be patient. I will be in Korea soon, and I will pay it back. Be patient. I will reward you more. It won't take long."

(허니, 참아요. 내가 곧 한국에 가서 갚을게요. 인내심을 가져요. 더 많은 보상을 할게요. 오래 걸리지 않을 거예요.)

배리는 '더 큰 보상'을 운운하며 마치 나를 협상 대하듯 했다. 이제 배리는 더 이상 내 연인이 아니었다. 나 역시 더 큰 보상을 해주겠다는 말에 흔들렸다. 우리는 서로 속고 있다는 걸 알면서도 게임을 계속하는 사람들이었다. 나는 1억 원을 사채로 빌려 입금했다.

그리고 이후 배리와 연락이 끊겼다. 전화도 메일도 묵

묵부답이었다. 아닐 거야. 바쁠 수도 있지. 하루만 더 기다려보자. 그러는 사이 일주일이 훌쩍 지났다.

당연하게도, 택배는 오지 않았다.

◆

잊어. Forgot

나는 날짜가 되어 수술받았다. 배리는 이후로 연락도 두절되었고 한국에 오지도 않았다. 나는 그가 사기꾼이라는 사실을 여전히 믿고 싶지 않았다. 머리로는 알고 있는 사실이었지만. 그는 돈을 갚아준다는 말도 지키지 않았고 수술 날 한국에 온다는 말도 지키지 않았다. 하지만 나는 여전히 환상 속에 있었다.

나의 커튼 뒤 연인

문제는 빚이었다.

돈을 갚지 못하자 사채를 쓴 곳에서 전화, 문자가 쏟아지기 시작했다. 이자까지 붙어서 많은 액수를 내놓으라는 성화였다. 그래, 돈을 빌렸으면 갚아야지. 그런데 나는 능력이 없었다.

문자를 지워도 곧 전화가 오며 계속 닦달했고 숨긴다고 될 일이 아니었다. 결국 이 모든 사건을 부모님이 알게 되셨다. 나는 1억 원이 넘는 돈을 빌리게 된 연유를 털어놓을 수밖에 없었다.

"카카오톡 오픈채팅방에 한 남자가 들어와서 만났어요. 제게 자기는 외모보다 마음을 볼 줄 안다면서 사랑한다고 말했어요. 그러다 아이튠즈 기프트 카드를 사달라고 했고 사기 같아서 잠시 헤어졌었어요. 그런데 하도 아니라고 핸드폰 영상통화를 걸고 그래서 믿었었어요. 그러다 제 수술 날 한국에 들어오겠다고 내게 선물을 준다고 해서 주소와 전화번호를 줬어요. 그때 판매할 다이아몬드를 내게 맡아달라고, 팔아서 한국에 정착하겠다고 했었어요. 그런데 통관 세금이 붙었다고 제주항, 부산항, 광양항, 인천항에서 돈을 내라고 했어요. 그것만 1억 원이 넘었어요. 와서 다 갚아주겠다고 대출받으라고 했는데 그게 모두 사기였어요. 미안해요, 아빠."

아버지는 내 말을 듣고 분노했다.

"그걸 가만히 듣고 있었어? 바로 신고해야지."
부모님은 신고해야 한다며 나를 다그쳤다. 하지만 사례를 찾아보니 이런 경우 신고를 해도 돈은 되찾을 가능성이 없다는 글이 많았다. 사이버 수사대에 신고하지 말고 경찰서로 직접 찾아가 신고하라는 어떤 분의 조언이 있었다. 수술 때문에 몸도 힘들었지만, 마음이 더 힘들었던 나는 힘겹게 경찰서로 향했다.

경찰서에 도착하니 담당자는 장애인 관련 신고인 줄 알고 장애인 분과로 안내했다. 나는 단호하게 "이건 명백히 사기 형사사건이에요!" 하고 말했다. 그제야 한 형사에게 나를 안내했다.

나이가 오십 대 정도로 보이는 대머리에 수염이 덥수룩한 형사분이셨다. 그는 나를 보더니 앉으라고 하고 질의 응답식으로 조서를 썼다. 이름, 나이 등 사소한 것을 물을 때는 표정의 변화가 없었다. 사건 진행 상황을 듣자 그는 조서를 쓰며 조금씩 나를 비웃는 듯한 표정으로 입을 열기 시작했다.

"아니, 그러니까. 한 번도 만나보지도 않고 사귀었다고요? 그 남자 말만 믿고? 그것도 그렇고. 아가씨 상황에 그런 잘생기고 키 크고 능력 좋은 사람이 진짜 당신에게 반했다고 생각했다고요? 미치겠네. 얼굴도 못 본 남자가 선물했다는 말에 통관세로 1억 원을 보냈고? 아가씨가 정말 피해자라고 생각해요?"

마치 내가 당해도 싸다는 저 말투, 비웃음.

나는 내 상황을 생각했다. 나는 직업도 없고 다리도 없는 못생긴 장애인이다. 그러나 나는 그가 진짜로 나를 사랑한다고 믿었고, 진짜 사랑했었다. 그러니까 돈을 보낸 것이다. 내 사랑은 거짓이 아니다. 배리는 내게 사기를 쳤어도 나는 진실한 사랑을 했다. 신고를 괜히 했나? 나는 다그치듯 말하는 그 형사의 말에 위축되었다.

옆에서 듣고 있던 30대 후반으로 보이는 남자이며 순경으로 사료되는 사람이 한마디 했다.

"형사님. 이분은 불쌍한 피해자일 뿐이에요. 속인 사람이 나쁜 거지 속은 사람이 나쁜 게 아닙니다. 형사님, 이 사건 제가 맡을게요."

그의 말에 나는 나를 이해해 주는 사람도 있구나 하고 다행이라 생각했다. 그가 이어서 내게 물었다.

"그 사람에 대해서 아는 게 있어요?"

그 남자가 내게 물었다. 나는 그 사람이 보낸 사진밖에 없으며 그가 영상통화를 시도했기에 본인일 거라 믿었다고 했다. 그리고 메일 주소와 통장에 이체 내역이 있을 거라 했다.

그는 거래 내역을 확인한 뒤 이렇게 말했다.

"치밀하게 자신을 숨겼네요. 우선 통장에 돈을 보낸 이체 내역과 계좌번호 기억나는 것 있으시면 말씀해 주시고요. 메일 주소도 알려주세요. 추적할게요. 꼭 잡힌다고 장담할 수는 없지만 노력해 볼게요."

그는 덧붙여서 아마 장담은 못 하겠지만 수사가 1~2년으로 길어질 수도 있다고 했다. 그렇다, 내게 다시 지옥문이 열린 것이다.

이후로 고통스러운 나날이 이어졌다. 몸도 마음도 정상이 아니었다. 딸이 신용불량자가 될까 하는 두려운 마음에 부모님께서 돈을 대신 갚아주셨다. 죄송한 마음에 고개도 못 들었다.

나에게 있어선 돈과 사랑 모두 잃은 그저 망연자실한 기분이었다.

내 일상은 달라진 게 없었고, 나는 한동안 카카오톡 메신저 알림을 껐다. 허송세월하는 듯한 시간이 지나갔다. 남은 인생을 탕진해도 좋다고 생각했다. 그러던 와중에 이번에는 일본에서 만난 미유키와 연락하기 위해 깔아둔 라인 메신저가 울렸다. 사진은 여자였고 나는 호기심에 먼저 말을 걸었다.

"안녕하세요. 당신이 먼저 제 연락처를 등록했다고 라인에 뜨던데."

"안녕하세요. 나는 미군 소속 의무병인 킴 카스트로라고 한다."

"당신은 지금 번역기를 쓰고 있지요? 한국어가 서툴러 보여요."

"네. 한국어를 읽을 수는 있지만 사용하기는 어렵습니다."

"라인에 왜 저를 추가했어요? 무슨 일로?"

"나는 당신의 연락처를 모릅니다. 어떤 이유로 추가되었는지 모른다."

그리고 자신은 현재 미국인이며 한국계 미국인 남편인 제임스 최라는 사람과 결혼했다고 했다. 아이는 없고 입양아라서 한국에 부모님을 찾으러 오고 싶다고 했다.

나는 혹시나 하는 마음에 지금 로맨스 스캠을 당했고 사건 진행 중이라고 했다. 그녀는 요즘 그런 사람들이 많은 것 같다며 자신은 나에게 도움이 될지는 몰라도 내 것에 욕심을 부리지는 않겠다고 했다.

여자라면 내게 로맨스 스캠을 하지는 않겠지 하는 마음으로 대화를 이어 나갔다. 그녀는 활달한 성격으로 입양아였지만 자신의 처지를 비관하지 않았다. 나도 모르게 그녀에게 끌렸다. 내가 지금 어떤 상황이고 어떤 처지인지를 말하자 그녀는 나를 걱정하며 말했다.

"괜찮아. 친구. 너는 일어설 수 있어."

그녀는 시종일관 내게 친절했다. 나의 주소를 묻길래 알려주지 않으려고 했지만 결국 알려주었다. 그런데 어느 날 꽃다발이 도착했다.

"이게 웬 꽃이야?"

"네가 나를 믿지 않는 것 같아서. 우리의 우정을 증명하려고."

그녀의 친절에 감동하지 않을 수 없었다. 그녀를 한번 믿어보기로 했다.

그녀는 올해 12월에 한국으로 와 친 부모님을 찾을 거라며 예약된 비행기 티켓과 자신의 여권을 사진 찍어 내게 보내주었다.

생년월일로 따져보니 그녀는 나보다 두 살이 더 많았

다. 이렇게까지 하는데 설마 그녀가 나를 속이겠어? 하는
생각이 들었다.

이후로 두 달을 더 대화하고 드디어 그녀가 한국에 오
기로 한 날이 되었다. 나는 그녀의 부모를 찾는 것을 도와
주기로 했기 때문에 라인 전화 앱을 주시하고 있었다. 갑
자기 그녀에게 전화가 걸려 왔다. 그녀는 무척 다급하게
영어로 말했다.

"I am now at Incheon Airport in Korea. But, I am
imprisoned because I was caught by customs on charges
of smuggling while trying to bring the gold bars I
received as a reward."

(나는 지금 인천 공항이야. 그런데 포상으로 받은 금괴를 한국으로
가져오려다가 세관에 밀수 혐의로 적발되어 수감되어 있어.)

그녀는 울고 있었고 목소리는 매우 떨리고 있었다. 그
녀는 내가 알아듣기 편하게 라인 메신저를 통해서도 문자

로 말했다.

   "And I'm scared."
(그리고 난 지금 무서워.)

   "Are you okay? What should you do?"
(너 괜찮아? 너한테 어떡하래?)

   "I have to pay bail. But now I have no money. Jina, can't you pay it for me? I'll pay it back by selling gold bars later."
  (보석금을 내래, 그런데 나는 지금 돈이 없어, 지나 네가 대신 내주면 안 될까? 나중에 금괴를 팔아서 갚을게.)

   "Bail? How much is that?"
(보석금? 그게 얼마인데?)

   "10 million Korean Won. If I sell the gold bars, I can

pay it back shortly."

(한화로 약 천만 원. 금괴를 팔면 금방 갚을 수 있는 액수야.)

"What if If you're cheating on me?"

(네가 나를 속이는 거라면 어쩌지?)

"That doesn't happen. You saw my truth."

(그런 일은 일어나지 않아. 너 내 진심을 봤잖아?)

나는 오만가지 생각이 다 들었다. 그녀에게 또 속을지
도 모르는데… 그렇다고 모른척하면 한국에 아는 사람 하
나도 없는 그녀가 힘들 것 같았다.

조금 생각하다 그녀에게 말했다.

"Can you promise me it's not a lie?"

(거짓말이 아니라고 약속 할 수 있어?)

"If you wish, I will also write a memorandum proving

that I borrowed money."

(원한다면 내가 돈을 빌렸다는 것을 증명하는 차용증이라도 쓸게.)

"As you know, I have no money, and before that, I was deceived by a scammer and owed close to 100 million won."

(네가 알다시피 나는 돈도 없고 그 전에 스캐머에게 당해서 1억 가까운 빚이 있어.)

"I know. If I deceive you, I will go to hell and die."

(알아. 내가 만약 너를 속인다면 지옥 불구덩이에 빠져 죽을 거야.)

그녀의 간절한 요청을 차마 거절할 수가 없어서 그녀에게 계좌번호를 달라고 했다. 사기는 그전 것으로 끝났겠지 생각했다.

그런데 그녀는 배리와 똑같이 나를 기만했다. 그녀도 잠수를 탄 것이었다.

어떻게 하지. 아빠께 말씀드리는 수밖에 없었다. 아빠는 로맨스 스캠으로 신고하면 형사들이 저번과 같이 미적지근한 반응을 보일 것이라는 걸 알고 계셨기에 이번에는 빨리 보이스 피싱으로 신고했다. 다행히 빠르게 신고를 한 탓에 돈을 보낸 계좌는 사기 계좌로 막혔고 돈도 돌려받을 수 있었다.

가족들은 나를 이제 사람으로 보지 않았다. 아무리 힘들어도 그렇지 아직 스캠의 상처가 낫지도 않았는데 또 사기를 당하다니, 그럴 만도 했다. 나는 휴대폰도 아빠에게 뺏기고 말았다. 혹시나 경찰에게 전화가 올 것을 고려하여 개통된 상태로 놓아두었다. 아빠는 내가 부모들이 돈을 갚아주니 돈 무서운 줄 모르고 사채를 쓴다고 비난했다. 너무 힘들어 죽고만 싶었다. 스캐머 놈들은 양심도 없나 보다. 내가 이렇게 힘들다고 누차 말했는데도 나를 위로하는 척하고는 뒤로 사기를 치다니.

어쨌건 두 번째 사건은 그렇게 마무리되었다.

위험한 진실

첫 번째 사건의 수사 진행은 매우 더뎠다. 메일 주소 추적과 카카오톡 IP를 통해 확인한 배리의 위치는 나이지리아였다. 나이지리아에서 나를 로맨스 스캐밍한 내 연인 배리, 나는 그의 얼굴만이라도 봤으면 했다. 입맛이 하나도 없어 밥이 들어가지 않아서 살은 점점 더 빠졌다. 체중은 40kg까지 빠졌고 밤마다 악몽에 시달려 잠을 못 잔 탓에 얼굴은 시커멓게 변했다.

첫 번째 사건은 생각보다 스케일이 컸다. 범인 중에는 한국인도 포함되어 있다고 했다. 그도 그럴 것이, 내가 전화를 받았던 범인 중 두 명은 한국인이었다. 그런데 예금주는 또 다른 한국인으로 전화한 사람과는 다른 사람이었다. 돈을 빼간 이는 외국인일 것이라고 추측만 할 뿐이었다.

어느 날, 아침부터 잔뜩 상기된 목소리로 그때의 담당자가 전화했다.

"중간 보스로 추정되는 녀석이 잡혔습니다. 녀석은 한국에 있었네요."

그는 내게 작은 희망을 주려고 했다.

"감사합니다. 제게 배리라고 거짓말하고 저를 꾀어낸 사람은 잡혔나요?"

"이놈의 말을 토대로 하면 나이지리아에 있는 것 같아요. 해외에 거주하면 못 잡습니다."

"어떻게든 그놈이 한국에 들어오게 해주세요. 꼭 부탁드려요. 방법은 있을 거예요."

나는 절실하게 당부했다. 경찰관은 내 말을 듣고 고민하는듯하더니 말을 꺼냈다.

"그 잡힌 중간 보스를 이용하면 될 것 같기는 한데…"

경찰관의 아이디어는 이랬다.

한국에서 잡힌 중간 보스가 한국에서 범죄자로 수배 중이라서 복권을 구입하는 데 배리 이름을 썼다고 상황을 설정한다. 한국에서는 복권을 구입할 때는 신원확인을 안 하는데 당첨금을 찾을 때는 본인이 아니면 못 받는다고. 그런데 네 이름으로 산 그 복권이 1등에 당첨되어 260억 원을 받게 되었으니 찾으려면 네가 직접 한국에 와야 한다고 배리를 설득하는 것이다.

중간 보스에게 상황을 설명하고 협조할 경우 선처해 줄 테니 배리를 한국으로 오게 하라고 말했다.

배리는 생각만큼 용의주도한 인물이 아니었다. 그 말을 듣고 곧바로 비행기를 타고 한국에 들어온 걸 보면 말이다. 녀석은 공항에서 경찰에 바로 체포되었다. 나는 배리가 잡혔다는 말에 모든 걸 제쳐두고 경찰서로 달려갔다.

경찰관 앞에 앉은 배리의 뒷모습이 보였다.

배리는 나이지리아 사람으로 27살 된 남자였다. 키 170에 깡마른 흑인. 예상했던 것처럼 사진과는 전혀 닮지 않았다. 그를 대면한 순간 분노가 솟구칠 줄 알았는데 내 감정은 의외로 차분해졌다. 스스로가 신기할 정도였다.

나는 배리 앞에 앉아 자기소개를 했다. 그리고 곧장 물었다.

"Are you Barry? Why did you lie to me?"
(당신이 배리입니까? 왜 나한테 거짓말을 했어요?)

"I am sorry. I just did as what I was told to."
(미안해요. 저는 그저 시킨 대로 했을 뿐이에요.)

혹인 남자는 내 얼굴을 보지도 않고 말했다. 그 대답을 듣자 그제야 분노가 차올랐다.

"If they tell you to die, will you die? Do you know how much damage you have caused to me with this lie."

(그들이 죽으라고 명령하면 죽을 건가요? 이 거짓말로 내가 얼마나 큰 피해를 입었는지 알아요?)

"I'm sorry. I'm really sorry."

(미안해요. 정말 미안해요.)

"Where is the stolen money?"

(빼돌린 돈은 어디에 있나요?)

나는 내 돈을 돌려달라고 했다. 그는 더욱 고개를 숙이며 말했다.

"I have never touched it. Bosses took it."

(저는 그 돈을 만져보지도 못했어요. 보스들이 가져갔어요.)

나는 하늘이 무너지는 것 같았다. 결국 이 모든 게 사기 집단의 행각이었다니.

"Do you feel guilty?"
(죄책감은 느껴요?)

내가 눈을 똑바로 보고 말하자 그제야 그는 내 눈을 마주 보았다. 그리고 더없이 당당한 말투로 이렇게 대답했다.

"Yes. But, I think you are better off than me. The only thing I learned growing up in a poor country was to steal."
(예. 하지만 당신은 저보다 낫다고 생각해요. 제가 이 가난한 나라에서 자라며 배워온 것이라고는 도둑질밖에 없었습니다.)

배리는 자신을 피해자이자 약자라고 생각한다. 자신들

이 사는 나라에서는 모두가 그렇게 사기를 치면서 산다는 말이었다. 그저 내 이웃도 다 그렇게 살아왔으니 나도 그렇게 사는 거라고 대답하는 그가 미웠다. 그러나 내가 용서한다면 이 굴레를 끊을 수 있을지도 모른다고 생각하고 나는 한때 사랑했던 가상의 남자 배리에게 자비를 베풀었다.

"I will forgive you, but I will not retract a charge. I will write a petition to reduce the sentence, but you need to pay for your crime."
(당신을 용서합니다. 그러나 고소를 취하하지는 않을 겁니다. 형량을 줄여달라는 탄원서는 써 주겠지만 죗값은 치러야 해요)

그는 나의 말을 잘못 들은 건 아닌지 의아해했다. 좀 놀랐다고 해야 하나.

"Are you going to write a petition to reduce the sentence?"
(형량을 줄여달라는 탄원서를 쓰겠다고요?)

"Yes. I will."

(그래요. 그럴 거예요.)

"Thank you, thank you so much. And I am so sorry."

(정말 정말 고마워요. 그리고 진짜 미안해요.)

"After serving your sentence, do not deceive others."

(형량을 마치고 나와서는 절대 남에게 사기 치지 마세요.)

그는 여죄를 묻는 순경에게 지금껏 연락해왔던 여자들의 번호와 카카오톡 아이디를 넘겼다. 연락한 여자는 모두 63명으로 그들 중 속아서 돈을 보낸 사람은 모두 29명이었다. 그들은 직업도 다양해서 학생부터 직장인, 교수까지 있었고 몇몇은 파산해서 현재 개인회생 중이었다.

나는 피해자들과 함께 국선변호사를 선임하여 공동소송으로 그들을 향해 싸워나갔다. 그러나 변호사는 이 일에 전혀 무관심한 듯했다. 있으나 없으나 상관없는 존재였다.

그는 처음에 3년형을 받았지만 내가 낸 탄원서 덕분에 형량이 줄어들어 2년형을 받게 되었다. 그 외에 한국인 스캠 가담책 두 명과 한국인 대포통장주 두 명도 잡혔는데 돈은 1원도 환수받지 못했다. 용기 있게 이 사건을 맡았던 순경은 그 이후로 경장까지 초고속 승진했다. 내 가상의 연인을 향한 힘겹고 고독한 싸움은 이렇게 끝이 났다.

그렇게 세월이 흘렀고 4년이 지나 나는 38살이 되었다. 나는 시간이 흐른 지금도 정확히 말할 수 없다. 내가 배리를 사랑했는지, 아니면 내 감정에 속은 건지. 나는 배리의 실물을 보고도 그 사람은 배리가 아니라고 생각했다. 내가 연락하고 지낸 연인 배리는 나에게 거짓을 말하지 않고, 언제나 자상하고, 내 모든 걸 사랑해주는 연인이었으니까. 나는 상상 속에서 배리와 여전히 헤어지지 못했다. 물론 이에 대해서 '돈'과 '사기'라는 부분만 없었다면 말이다. 다만 주의할 것은 사람 심리를 이용해서 사기를 치는 사람과는 별개의 감정이 여전히 존재한다는 것이다.

부록

1. 로맨스 스캠의 종류

1. 군 휴가, 전역 신청비

소말리아나 아프간 등지에 파병 나간 군인인 척 휴가 비용 또는 전역 신청비 명목으로 사령관이라는 사람이 전화한다. 이때 사령관이라는 사람이 스캐머가 아닌 다른 사람이며 서류도 그럴듯하게 위조하여 피해자는 그것을 믿게 된다. 그리고 돈을 송금하면 연락은 끊긴다. 또는 포상으로 받은 금괴를 가지고 오다가 세관에서 붙잡혔다고 보석금을 내달라고 한다. 그러나 스캐머는 공항에 있지도 구금되어 있지도 않다.

사령관인척하는 사람의 이메일

위조된 휴가 신청서

위 두 가지의 자료는 로맨스 스캠 피해자 카페에서 퍼 왔다. 그러나 카페가 발각되면 피해가 생길 수 있으므로 카페 이름은 적지 않겠다.

2. 물류 통관비

스캐머가 군인을 사칭하는 경우 포상금을 금괴로 받았는데 맡아달라고 한다. 스캐머가 보석학자로 사칭하는 경우 너희 나라 사람에게 팔 다이아몬드를 잠시 가지고 있다가 자신이 한국에 가서 팔겠다며 맡아달라고 말한다. 이때 택배회사는 사기에 가담한 페이크 사이트이지만 전혀 티가 나지 않고 정말 무언가가 오고 있는 것처럼 보인다. 물류 통관비는 한 번 요구하기도 하며, 두세 번 더 요구하기도 한다.

다음은 내 친구가 직접 받은 메일이다.

Dear Esteemed customer,

Attn, you

We bring you warm greetings from, LAYTRAN SERVICE .COM/

This is to notify you that your shipment from Mr. Barry Peng has been received for delivery and it has already been shipped out to you in address is blabla. And in the next 48 hours we will arrive at the International Airport.

NOTE: You are to always keep track of this consignment so that you can know it's current location and also respond to this email as soon as you receive any messages.

Meanwhile be aware that you will have to settle customs clearance as soon as we arrive at the International Airport to avoid delays.

please find below your package details:

Tracking number: LYS268021

Website: https://laytranservice.com/

Thank you for using LayTranService

Thanks,

Mr. John Martin

Senior Diplomat.

LAYTRAN SERVICE DELIVERY Company Services:

We offer a range of courier services to satisfy the demands of your business. We provide ad-hoc and regular courier services, pick-ups, and deliveries, on a daily, weekly, or monthly basis, including after hours and weekends. The services are customized in accordance with your business needs and budget. Think about how you deliver superior service to your customers. Now think about what matters most when choosing logistics partners and same-day delivery solutions. Secure transport. The agility to meet changing needs. Improving schedules and costs. Drivers who are certified and industry compliant. Business continuity. Pickup and same-day delivery, on time, every time - across town or across the country - whether on-demand or scheduled. At LAYTRAN SERVICE DELIVERY Courier Company, we make it our business to understand yours. In delivering for you, we become a reliable partner with the expertise, resources, and processes to assure the kind of support you need for worry-free delivery and your peace of mind. LAYTRAN SERVICE DELIVERY Courier Company offers comprehensive services with a personal touch throughout the mid-west region. Although our services are based in Huntley House, Hambridge Lane, Express Way Newbury United Kingdom, we have the capability to deliver nationwide.

Thank you :

Warm Regards,

Janie Gomez

Laytran Service Limited

info@laytranservice.com

https://www.laytranservice.com

phone: +447978294687

International Cargo Delivery Import and Export Company

Contact : +447978294687

| Bookings | Customs | Paperwork |

지금은 사이트가 사라져 접속이 안 된다. 친구는 뭐가 진짜 오는 줄 알고 그녀가 택배를 받으면 쓰레기 같은 것을 넣어놓고 귀중품 도둑이라며 몰리게 될 줄 알았다. 당신의 전화번호와 주소를 알고 있지만 그들은 당신을 해코지하지 못한다.

 요즘에는 그냥 선의로 보낸 선물인 척 뭔가를 보낸 척하고 가짜 물류회사에 전화하게 하여 통관비(통관세)를 요구한다. 금액은 현재 피해자의 재정 상태를 고려하여 적게는 300만 원에서 많게는 1억 원까지 요구한다. 정말 악랄한 놈들이다.

3. 페이크 은행

　아무것도 모르는 피해자에게 자신의 네트워크 상태가 좋지 않아 대신 송금해 달라며 은행 사이트와 비밀번호를 보낸다. 계좌에는 어마어마한 액수가 들어 있다. 그리고 실제 은행 사이트인 것처럼 입금하면 입금이 된다. 처음에 청을 받아들이고 송금해준다. (송금을 거절할 경우 그냥 자신이 믿을만한 사람인 척 네게 내 은행 잔고를 보여주는 거라며 신뢰 쌓기에 이용한다.) 그러다 피해자가 이체하다가 전산 오류로 계좌가 막혔다며 가해자가 전화한다. 피해자는 자신의 탓인 것 같아서 가해자의 한국은행 계좌로 이체되지 않은 비용을 송금한다.

https://berniesbank.com 이곳 말고도 수십 곳이 넘는 다. 웬만해서는 한 번 뜯어먹고 나서는 연락을 안 하는데 기계 고치는 비용, 노동자 선입금 비용 등 몇 번 더 시도하 기도 한다.

나의 커튼 뒤 연인

4. 암호화폐

　내 친구는 어쩌다 알게 된 사람이 자기를 해양 엔지니어라고 소개했다. 조금 지나자 결혼 이야기가 나오고 그러다 어느 날 다쳤다며 팔에 피가 난 사진을 보내온다. 그리고 응급헬기를 부르려면 비트코인 3,000$가 필요하다고 보내달라고 flight agent라는 다른 남자가 전화를 해왔다. 이걸 믿고 돈을 보내면 당하는 것이다.

　이 암호화폐 투자 사기는 중국인들이 많이 시도 하는데 처음에 암호화폐를 사게 해서 소액으로 투자하도록 유도한다. 처음에는 무섭게 돈이 벌리다 나중에는 급락한다. 그러면 투자자는 본전이라도 되찾겠다는 생각에 환불을 요구한다. 당연히 투자한 사이트는 사기 사이트이며 환불 받으려고 하면 얼마 이상 돈이 있어야 한다며 더 넣기를 유도한다. 그래서 돈을 더 넣고 환불을 기다리면 에러가 나서 돈을 못 찾는다.

무서운 건 암호화폐로 사기를 당할 경우 돈을 돌려받을 가능성이 적다는 것이다. 추적이 어렵기 때문이다.

5. 채팅 환전 사기

주로 여성에게 많이 시도하는 사기인데 사이트(정상 사이트 같지만 사기 사이트임)에 돈을 얼마 넣어놨다. 전에 만나던 여자친구랑 헤어지고 (또는 여자친구에게 주려고) 잠깐 했었는데 여자만 환전을 할 수 있어서 믿을만한 네가 해주면 좋겠다. 환전하면 얼마는 네가 가져가라고 말한다. 여자만 환전할 수 있다는 말을 들으면 거기서 스톱! 그런데 환전하려니 등급을 올려야 한다며 50만 원을 내라고 한다. 그래서 내면 또 등급을 올려야 오늘 찾을 수 있다고 50만 원을 더 내라고 한다. 그래서 등업하면 수수료 10%인 289만 원을 내라고 한다.

남성에게도 이 사기는 친다. 어느 날 자신이 포인트 충전을 0 하나를 잘못 눌러서 1,260만 원을 충전했다며 환전을 부탁한다. 사이트 가입 후 환전 신청을 했더니 정회원권을 구매해야 한다고 말한다. 그래서 구입하고 환전 신청을 하니 돈을 찾으려면 수수료를 얼마 내라고 한다. 그전에 입금한 돈이라도 찾으려 하니 입급한 내역을 맞춰야 한다고 돈을 요구한다. 원금이라도 찾으려 하다가 계속 입금하게 되는 불상사가 생긴다. 나중에는 오류가 났다는 등 돈은 절대 돌려주지 않는다.

대부분 자신은 한국인인데 해외에서 입국하여 자가격리 중이라 말하며 사기를 친다. 2022년 6월 8일부터 해외 입국자 자가격리 면제이므로 이 사기는 안 칠 것 같지만, 소식을 늦게 접한 스케머는 계속 자가격리 중이라며 거짓말을 할 수 있다. 그러므로 자가격리라는 말이 나오면 무조건 차단! 차단이 답이다.

6. 명품 사기

　이 사기는 로맨스 스캠은 아니지만 내가 겪었어도 속았을 것 같은 치밀한 스캠이다. 어느 날 갑자기 웬 카드로 명품을 구매했다는 연락이 온다. 구매한 적이 없으므로 사기라고 생각하고 구매했다는 곳으로 연락하여 구매한 적이 없다고 한다. 그러나 처음 문자를 보내온 곳도, 연락한 곳도 다 가짜다. 가짜 상담원은 결제가 도난 카드이거나 복제된 카드일 것이라고 말하며 개인정보를 묻는다. 당연히 취소시켜 주겠지 하며 개인정보를 넘긴다. 그렇게 억울하게 사기는 이루어진다.

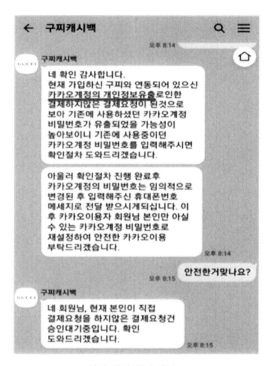

가짜 채널 캡쳐 사진

(출처: https://youtu.be/Cdz8c_Kl8qg)

기타 사기

　항공권 대리구매 사기, 아이튠즈 기프트 카드를 달라는 사기, 러시아 사람인데 러시아의 국보를 가지고 들어오려다가 인천공항에 억류되어 있다. 보석금 얼마를 내야만 풀려날 수 있다는 식의 사기, 러시아 사람인데 너와 살고 싶어서 유학생 비자를 신청해야 하는데 1만 달러를 6개월 이상 예치해야만 한다고 돈을 내달라는 사기, 너와 결혼하려면 사랑의 징표로 쇼핑몰에서 어떤 것을 사 달라, 나는 이미 너에게 보냈다, 하는 등의 사기가 있다.

2. 로맨스 스캠의 주체적 특성과 접근방법

1. 주로 인스타그램 DM, 페이스북 메신저, 데이트앱, 카카오톡, 라인, 와츠앱 등으로 먼저 접근한다. 우연이란 것으로 감정을 사기 위해 타깃의 단서를 확인하고 자신을 가짜 아이덴티티로 위장한다. 종교, 좋아하는 음식, 취미 등 타깃과 동일한 것으로 환심을 사기 시작한다. 또는 전에 만났던 지인에게 잘못 온 메시지인 것처럼 인사를 건넨다. 때로는 진짜 우연으로 만나기도 한다. 무작위로 전화번호를 추가하여 걸리는 사람에게 메시지를 보낸다,

2. 주로 심리적 외로움을 이용하기 위해 중년층(통계로 보면 노인층도 굉장히 많이 당한다: 기술적으로 IT 지식이 많지 않고, 심리적으로 약한 타깃)을 타깃으로 하며, 외모가 그런대로 괜

찮은 사람을 타깃 한다. (피해자가 내 외모를 보고 접근했다는 생각을 할 수 있게 만든다.)

3. 스캐머는 주로 수사망과 처벌이 무겁지 않고, 수사기관 부정부패가 있어 수사 진행이 어려운 제3국가에서 활동하나, 전부 그렇진 않고 유럽, 미국 등 다인종, 다언어의 사람들이 섞여 있는 곳에서도 활동한다. 타 국가에 거주하며 또 다른 나라의 (주로 미국: 미국의 경우 결혼을 통해 미국 시민이 될 수 있는 게 미끼가 되기 가장 좋으므로) 가짜 번호를 사서 활동한다.

4. 로맨스 스캠의 핵심은 사랑과 아름다운 미래다. : 그래서 스캐머는 높은 교육 수준, 사려 깊은 배려심, 충분한 경제력을 가진 모습으로 아름다운 미래를 설계하며 신뢰의 바탕을 쌓는다.

5. 이용 수단: 가짜 정체성을 구축할 수 있고, 추적이 어려운 것을 활용한다. 왓츠앱, 페이스북, 가짜 송금 영수증,

가짜 회사 홈페이지, 스캐머 본인(Actor/Actress라고 한다. 로맨스 스캠 범죄 조직 내 연기를 하고 대화하는 역할의 범죄자)의 사진 또는 타인의 사진을 사용한다.

6. 매치되지 않는 목소리와 억양: 초기에 스캐머와 대화하고 받았던 느낌과는 전혀 다른 목소리와 억양은 많은 피해자가 공통되게 경험한 부분이다. 실례로 미국 태생의 훌륭한 사회적 성공을 거둔 인물이라고 가짜 시나리오를 소개했으나, 실제 왓츠앱 통화 시에는 속일 수 없는 억양과 수준 낮은 대화를 발견한다. 언어나 억양, 대응 수준은 스캐머가 조작이 불가능한 부분이다. 나중에 수사 시 중요한 단서가 될 수도 있는 부분이다.

7. 국제 통계에 따르면 로맨스 스캠의 피해자 중 70~90%는 수치심과 수사가 어렵다는 생각으로 신고하지 않는다.

8. 선진국의 경우 온라인 스캐머에 대한 처벌은 최장

99년 실형처럼 매우 중한 범죄로 처벌된다. 다만 잡는 것이 매우 어렵다.

9. 큰돈을 여러 차례 받아내기 위해 스캐머는 피해자와의 신뢰 관계를 길게는 수년간 지속한다. 오랜 기간 연애 기간을 구축하면 더욱 의심할 수 없게 된다. 결혼 사기와 비슷한 심리 게임이다. 매일같이 지속적이고 끈질긴 애정을 이야기한다. 한 번의 사랑한다는 단어보다 매일 아침저녁, 안부를 묻고 인사를 하는 게 피해자의 마음을 사기에 더욱더 효과적이다. 일 년에서 수년간 지속된 감정은 사실이 아니라고 믿기 매우 어렵다. 이게 추후 돈을 송금해 주는 토대가 된다.

10. 종종 먼저 돈을 보냈다고 조작된 미국 은행의 송금 영수증을 먼저 보낸다. 그 한도 내에서 조금씩 여러 차례 급한 돈을 요구한다. 피해자는 그 한도 내에서는 도울 수 있다는 자신의 심리적 트랩을 갖게 된다. 송금이 도달하지 않았을 때 미국 은행에 문의하고 확인하는 것은 시간

이 소요되고, 또 미국이란 나라의 은행 시스템은 프라이
버시를 중요시 생각하기 때문에 실제 해당 영수증이 진짜
인지 확인해 주지 않고, 고객 정보를 알려주지 않는 게 대
부분이다.

11. 거의 모든 피해자는 100% 스캐머를 신뢰해서 송금
하는 게 아니다. 스캐머의 트릭은 일부분의 구축된 신뢰
만으로도 작동이 가능하다. 그 안에서 아름다운 미래를
같이할 건지, 아니면 의심하고 송금하지 않아 그 가능성
을 스스로 없애버리던지 두 가지의 선택지를 주기 때문
에, 이미 미래를 충분히 바라고 있는 피해자는 선자의 경
우를 선택하게 되는 게임이다. 사실이면 스스로 제 복을
버리는 상황인데, 그런 선택하기가 일반적인 사람에겐 쉽
지 않다.

12. 심지어는 스캐머를 사랑하지 않았던 피해자도 상당
수 당한다. 스캐머가 설정해 놓은 다소 의심스러운 조그
만 단서들을 망각하게 하며, 스캐머가 제공할 것 같은 자

금력, 행복한 미래, 달콤한 애정을 피해자 스스로 원하는 것을 이용한다. 스캐머 자신의 경제적 풍요로 결혼 후 일하지 않아도 된다는 방법은 피해자에게 아주 좋은 미끼로 작용한다.

13. 스캐머가 떠날 땐 피해자가 완전히 파산했거나 더는 줄 돈이 없다고 판단될 때이다.

14. 대부분의 피해자는 친절하게 스캐머란 것을 알았다는 사실을 알려준다. 이처럼 스캐머의 경계심이 높아진 상태에서는 유리한 단서를 잡기 어려워진다.

15. 대부분의 스캐머는 피해자보다 영리하거나 현명하지 않다. 다만 그 트릭과 테크닉을 피해자보다 잘 알 뿐이다. 상당수 스캐머는 다수의 피해자에게 동시에 작업하는 직업형 범죄자가 대부분이기 때문에 보내는 사진, 제공하는 시나리오에 있어 허술한 실수를 많이 한다. 국제적 통계를 보면 피해자의 절반 넘는 사람들이 고학력의 전문

직업을 가진 사람들이 많다.

16. 거의 모든 경우, 스캐머는 영상통화를 거부한다. 카메라가 고장 났다거나 영상통화가 싫다는 핑계를 댄다. 불식간에 정체를 드러내야 하는 영상통화는 분명히 스캐머에게 하나도 유리한 방법이 아니다. 그러나 요즘 스캐머는 영상통화를 걸기도 한다. 걸고 재빨리 끊고는 나를 증명하려고 했는데 네가 안 받았다는 식으로 말한다. 또는 미리 녹화된 영상을 TV나 모니터에 틀어 놓고는 영상통화로 실시간으로 보여주는 척 말한다. 요즘은 딥페이크 기술을 이용하여 도용한 사진의 당사자인 척 영상을 보여준다고 하니 조심해야 한다. 대부분의 경우 딥페이크를 이용한 영상은 녹화영상이니 실시간으로 할 수 있는 것을 시켜본다.

17. Linked-in도 이용한다. 그리고 피해자의 링크드인과 연결하고 추후 피해자의 지인, 동료들에게 알리겠다고 협박도 한다. 링크드인은 직업 관련한 네트워크기 때문에

이 부분에 노출이 되면, 피해자는 사회적, 직업적 피해에 대한 두려움으로 2차 피해를 보게 된다.

18. 수많은 사람이 로맨스 스캠으로 가진 재산을 전부 날리거나 파산한다. 로맨스 스캠 범죄의 특성상, 장기간 오랜 시간 쌓은 신뢰를 토대로 피해자의 모든 자금을 빼내려 하며, 피해자는 인생을 건 게임에 참여하게 된다.

19. 송금 계좌는 범죄 네트워크의 계좌일 가능성이 크나 종종 또 다른 스캠 피해자의 계좌를 제공한다. 이로써 스캐머는 또 다른 피해자에게 신뢰를 주며, 돈세탁을 할 수 있고, 차후 발각 시, 범죄에 동참했다는 빌미로 신고하지 못하게 압박하는 방법을 이용한다.

20. 주로 미국 여권을 도용하고, 심지어는 여권의 사진 위 패턴이 있어 실제 이것으로 피해자의 의심을 없애는 데 사용하기도 한다. 이렇듯 스캐머가 제공하는 사진, 여권, 단서 등은 피해자가 의심하는 마음을 갖게 하는 단서

가 되기도 하지만 거꾸로 자신의 의심을 불식시키는 불행을 초래하기도 한다.

21. 정말 힘든 피해자에게 접근한다. 자신이 힘든 상황에 부닥쳤음을 알렸기 때문에 자신에게는 사기를 안 칠 것이라고 생각하지만 가해자는 더더욱 피해자를 이용한다. 자신이 가난하고 지금 형편이 좋지 못하다고 하는데 도와주겠다고 접근한다면 그는 당신을 돕지 않고 뜯어먹을 것이다.

22. 처음 만났는데 결혼을 이야기하거나 사랑한다고 말하는 경우 스캐머일 확률이 높다. 특히 잘생긴 노총각이나 잘생긴 이혼남이(예쁜 처녀나 예쁜 이혼녀) 결혼을 말한다면 그는 스캐머일 것이다.

23. 스캐머들은 피해자의 정보를 공유한다. 실제로 내 친구는 한 번 스캠을 당한 뒤에는 라인이나 와츠앱으로 우연을 가장하여 친구추가를 한 후 말을 걸었다.

24. 너처럼 똑똑한 사람이 왜 기회를 잡지 못하고 나를 버리냐는 등 피해자의 자존심 또는 학력을 이용한다. 그러면 피해자는 순간 내가 잘못 생각해서 이 기회를 놓치는 것은 아닌지 자신을 의심한다.

25. 교포인 한국인인 척 접근하는 사람들은 대부분 한국에서 보험상품을 판매하거나 피트니스 모델로 활동하는 사람들의 사진을 도용한다. 신뢰할 수 있는 외모가 결정적인 한 방이다.

26. "멀리 있어서 못 만날 것 같다."라고 이야기했을 때 "사랑을 하는 데는 거리는 중요하지 않다."라고 말하는 대부분이 스캐머다.

27. 동정심을 얻고자 있지도 않은 아이나 부모님이 돌아가셨다고 하는 등 가족을 팔아 사기를 친다. 정말 양심도 없는 놈들이다.

28. 어떤 경우에는 소액의 선물을 진짜로 하는 경우도 있다. 이런 경우 피해자는 가해자를 더욱더 신뢰할 수밖에 없다.

출처: https://blog.naver.com/1mack_9550/222292834268 + 저자 생각

3. 로맨스 스캐머가 많은 나라

먼저 아프리카 계열이다. 나이지리아, 가나 등 최빈국들에서 많이 시도한다. 아프리카라고 해서 무조건 속이지는 않는다. 그러나 카카오톡이나 와츠앱 등에서 추가했을 때 국가가 나이지리아나 가나라면 무조건 피하는 것이 좋다. 그들은 사는 국가를 들키지 않으려고 카카오톡을 할 때 아이피를 변경해서 미국이나 캐나다 등으로 설정한다. 행아웃으로 대화하자거나 라인 등으로 대화하자고 하면 무조건 피해라. 그곳에서는 접속지역이 안 뜬다. 아프리카 계열 스캐머는 영어를 쓸 때 I am을 am으로 줄여 말하는 습성이 있다.

그 외의 국가인 동티모르, 부탄, 모로코, 베네수엘라, 멕시코, 러시아, 파키스탄, 베트남, 필리핀, 페루 등에서도 스캠 시도를 많이 한다. 특히 중국계 국가에서 스캠 시도를 많이 하는데 본토, 홍콩, 대만, 인도네시아, 말레이시아, 싱가포르 등이 있다. 이곳의 스캐머는 타인의 사진을 겁도 없이 자기의 메신저 프로필로 사용한다. 부업을 해서 돈을 번다거나 자신의 금융 차트를 보내거나 금괴에 투자하는데 정보를 줄까 하는 말을 하는 사람은 무조건 걸러라. 투자를 유도해서 처음에는 돈을 버는 것처럼 꾸미다가 원금도 이자도 주지 않는다. 투자하면 절대 돌려주지 않는다. 중국인들은 무조건 부업으로 투자를 한다고 말해도 믿지 말아라. 이렇게 많은 사람이 한다는데 설마 사기겠어? 싶겠지만, 사기다.

자신을 러시아 여자라고 소개하는 여자는 무조건 걸러라. 그녀는 여자가 아닐 수도 있고 러시아 사람이 아닐 수도 있다. 예쁜 얼굴로 당신을 속이고 공항에서 구금되어 보석금을 내야 한다거나 유학 비자를 받으려면 얼마가 통장에 들어 있어야 하는데 없으니까 네가 내달라고 사기를 친다.

4. 로맨스 스캠 조직도 및 역할 분담도

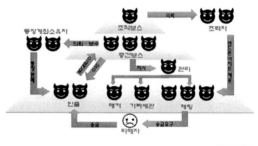

출처: naver noting373, https://instagram.com/noting373

작가의 말

 원래 작가의 말은 앞에다가 적지만 이 소설은 끝나기 전까지 로맨스 스캠 소설인 것을 몰랐으면 했다. 본인은 로맨스 스캠 피해자가 아니다. 그러나 주변에서 로맨스 스캠 이야기를 많이 들었고 장애인인 지인 남자는 3억 원을 비트코인으로 송금했다고 한다.

 나의 지인이 겪었던 카카오톡 메신저로 접근했던 사람은 자신이 독일인이며 조지(George)라고 했다. 오픈채팅방을 실수로 만들었는데 그 안에서 말을 걸었다. 자신이 하는 일에 대해 매우 구체적으로 말했으며 노후를 자신의 전공인 석유학을 살려 한국에서 주유소를 차리고 싶다고 했다. 세 달가량 대화했는데 진짜 독일인 같이 독일어로 이야기해도 잘 통했다. 그리고 자신이 해상 엔지니어로 석유와 가스를 캐는 작업 중이라서 위험한 일이 많이 일어난다고 했다. 그리고 자신은 그 사람들과 계약 관계라서 갑자기 사라지거나 그만두게 되면 엄청난 액수의 배상금을 물어야 한다고 했다. 절대 그들에게서 도망칠 수 없다고. 그런데 그 계약 만기일이 다가오고 있고 자기의 삶을 찾아 한국으로 오고 싶다고 했다. 지인에게 도와달라며, 돈은 얼마든 원하는 만큼 주겠다고. 그런데 어느 날 아침 자신이 다쳐서 그러니 응급헬기를 불러달라고 비트코인을 한화로 약 300만 원만 붙여달라고 그러지 않으면 이 망망대해에서 죽을지도 모른다고 자기 팔을 다쳐 피나는 사진을 보내왔다. 순간 지인은 고민하지 않을 수가 없었다. 사기일 것이라는 추측을 했지만 이게 진짜라면 누군가가 해상에서 응급헬기를 기다리다가 죽을지도 모른다. 하지만 정신을 차리고 생각해보니 친구라는 사람이 나를 돈으로 힘들게 할 것이라면 그는 친구가 아닐 것이다. 알고 보니 그가 사용한 사진은 조 바이든 대통령의 선거자금을 관리했던 루퍼스 기퍼드(Rufus Gifford)였다. 그는 2015년 동성 배우자와 혼인한 성소수자였다.

지인에게 라인 메신저로 접근한 사람은 자신이 캐나다에 사는 배리라고 했다. 소설에서 나온 배리라는 사람은 그를 모티브로 했다. 자신은 40살이며 결혼할 사람을 찾아 한국으로 올 것이라고 했다. 그는 그녀의 생일에 맞춰 다이아몬드 목걸이를 보냈다고 했고, 그녀는 이것을 캐나다에 잠시 살았던 오라버니에게 문의했더니 단숨에 유명한 스캐머 배리를 찾아내었다. 사진은 다른 사람의 것이었지만 시나리오는 동일했고, (나중에 알고 보니 이○○이라는 한국 사람의 사진이었다.) 그녀가 이것을 들이밀며 연락하지 말 것을 요구했으나 그는 그녀를 협박하며 통관비를 내지 않으면 널 죽이겠다고 했다. 무서웠지만 로맨스 스캠 피해자 모임 카페에 글을 올리자 많은 피해자가 "거짓말을 밥 먹듯이 하는 놈인데 협박한다고 떨어요? 그는 키보드

위리어예요. 아무것도 하지 못해요."라는 말을 해서 안심했다. 그는 갑자기 사랑한다고 말했다가 죽이겠다고 말했다가 회유와 협박을 반복했다. 그 이후로 무시했더니 다른 피해자를 찾아 떠났는지 연락이 없었다고 한다.

많이들 로맨스 스캠 범죄를 여자들의 허영심 때문이라고 피해자 탓을 하는데 그렇지 않다. 나는 대한민국의 아줌마로서 말하는데, 허영심이 없어도 당한다. 갑자기 베푸는 호의에는 이유가 있는 것이지만 누가 공짜로 선물을 준다는데 혹하지 않을 사람이 있는가. 그리고 스캠 범죄는 남자들도 많이 당한다. 어떤 분은 자신이 탤런트 ○○라고 말한 스캐머에게 속았다고 한다.

이처럼 스캠 범죄는 나날이 발전해가고 있으며(자기들이 과학자도 아니면서…) 더 교묘하게 덫을 놓아 빠져나갈 수 없게 만든다. 하지만 우리가 이러한 정보를 알고 있다면 더는 속지 않을 것이다. 나는 현재 많은 정보 덕분에 스캐머 판별사가 되어 라인이나 카카오톡 같은 곳에서 누가 나를

나의 커튼 뒤 연인

추가해서 자신이 보석학자라고 말하거나 해양 엔지니어라고 말하거나 자가격리중 이라고 말한다면 스캐머라는 것을 손쉽게 알고 구분하게 되었다.

나는 스캠 피해를 보거나 돈을 잃어본 적은 없지만 누가 나를 속였을 때 그게 가장 믿는 사람이었다면 얼마나 배신감이 큰지를 알고 있다. 그래서 이러한 책을 쓰게 되었고 아픔에 함께 공감하고 싶었다. 이런 스캠 범죄에 사랑받아본 경험이 부족한 장애인은 몹시 취약하며, 당하고 나서도 구제가 힘들다. 스캐머들은 힘들다고 말하는 사람들만 노린다. 여자가 멍청하고 허영심에 물들어 속는 것이 아님을 알리고 싶다. 그들은 명백한 피해자다. 더 이상 피해자 탓을 하지 말았으면 한다.

그리고 피해자들에게 말하고 싶다. 어떤 사람의 사진을 사용했다고 해서 그 사람이 사기 쳤다고 단정 짓지 말라. 그들도 거의 도용된 피해자다. 모든 경우가 그런 것은 아니지만 만나보지 않고 그 사람을 사기꾼으로 모는 것은 또 다른 피해자를 양산하는 것일 수 있다. 가해행위가 확인되지 않았다면 그냥 용의자이다. 제발 자신이 피해자라며 다른 피해자를 만드는 행위는 안 했으면 좋겠다.

나의 커튼 뒤 연인